Fengyu bingjianchu
Suisui kanhuaren

风雨并肩处，岁岁看花人

张晓风散文精选

张晓风 著

作家出版社

（京权）图字：01-2016-5525

图书在版编目（CIP）数据

风雨并肩处，岁岁看花人：张晓风散文精选 / 张晓风 著.
-- 北京 ：作家出版社，2016. 8（2018.11重印）

ISBN 978-7-5063-8959-4

Ⅰ. ①风… Ⅱ. ①张… Ⅲ. ①散文集 - 中国 - 当代
Ⅳ. ①I267

中国版本图书馆CIP数据核字（2016）第130012号

风雨并肩处，岁岁看花人——张晓风散文精选

作　　者：张晓风
责任编辑：省登宇
装帧设计：粉粉猫
出版发行：作家出版社
社　　址：北京农展馆南里10号　　**邮　　编**：100125
电话传真：86-10-65930756（出版发行部）
86-10-65004079（总编室）
86-10-65015116（邮购部）
E-mail:zuojia@zuojia.net.cn
http://www.haozuojia.com（作家在线）
印　　刷：中煤（北京）印务有限公司
成品尺寸：142 × 210
字　　数：180千
印　　张：8.875
版　　次：2016年8月第1版
印　　次：2018年11月第4次印刷
ISBN　978-7-5063-8959-4
定　　价：28.00元

目　录

代序　花树下，我还可以再站一会儿 ········ 1

第一辑　只因为年轻啊

你为什么拿这一个 ························ 3
你真好，你就像我少年伊辰 ················ 6
只因为年轻啊 ···························· 8
有些人 ································· 18
魔季 ··································· 21
一句好话 ······························· 27
我想走进那则笑话里去 ··················· 32
给我一个解释 ··························· 35
细细的潮音 ····························· 43
海滩上没有发生的事 ····················· 49

第二辑　尘缘

尘缘 ··································· 53
不识 ··································· 63
我家独制的太阳水 ······················· 69
同巷人 ································· 72
巷子里的老妈妈 ························· 75
二陈集上新搬来的那一家 ················· 78

鼻子底下就是路……81
只要让我看到一双诚恳无欺的眼睛……84
乌鲁木齐女孩……87
“你欠我一个故事！”……90

第三辑　种种有情

替古人担忧……99
风景是有性格的……103
没有谈过恋爱的……105
情怀……108
种种有情……118
可爱……125
赏梅，于梅花未着时……127
行道树……129
山水的圣谕……131
香椿……133
就是茶……135
一山昙花……137

第四辑　我交给你们一个孩子

母亲的羽衣……141
我交给你们一个孩子……146
傻傻的妈妈……148
我不知道怎样回答……150
那夜的烛光……153
念你们的名字……155
遇见……160
回到家里……162
我们才不要去管它什么毕业不毕业的鬼话……167
小小的烛光……169

第五辑　我喜欢

玉想……179
色识……188
愁乡石……199
我喜欢……203
雨荷……210
花之笔记……211
这些石头不要钱……219
盒子……221
谢谢……223
我在……226

第六辑　不知有花

画晴……233
不知有花……238
描容……240
月，阙也……246
六桥……249
不朽的失眠……252
高处何所有……255
秋天·秋天……257
错误……262
问名……267
春之怀古……272

代序

花树下，我还可以再站一会儿

——风雨并肩处，记得岁岁看花人

台北城南有棵树，名叫鱼木，是日本时代种下的。它的祖籍是南美洲。如今长得硕大伟壮，枝繁叶茂，有四层楼那么高。暮春的时候开一身碗口大的白花，算来也该有八九十岁了。

二〇一二年四月，我人在台北，花期又至，我照例去探探她。那天落雨，我没带伞，心想，也好，细雨霏霏中看花，并且跟花一起淋雨，应该别有一番意趣。花树位于新生南路的巷子里，全台北就此一棵。听说台湾南部也有一棵，但好像花气人气都不这么旺。

有个女子从罗斯福路的方向走来，看见我在雨中痴立看花，她忽然停下步履，将手中一把小伞递给我，说：

“老师，这伞给你。我，就到家了。”

她虽叫我“老师”，但我确定她不是我的学生。我的第一个反应是拒绝，素昧平生，凭什么拿人家的伞？

“不用，不用，这雨小小的。”我说。

“没事的，没事的，老师，我家真的就到了。真的。我不骗你！”她说得更大声更急切，显得益发理直气壮，简直一副“你们大家来评评理”的架势。

我忽然惊觉，自己好像必须接受这把伞，这女子是如此善良执着，拒绝她简直近乎罪恶。而且，她给我伞，背后大概有一段小小的隐情：

这全台北唯一的一株鱼木，开起来闹闹腾腾，花期约莫三个礼拜，平均每天会有一千多人跑来看她。看的人或仰着头，或猛按快门，或徘徊踯躅，或惊呼连连，夸张他们对此绝美的不能置信。至于情人档或亲子档则指指点点，细语温婉，亦看花，亦互看。总之，几分钟后，匆忙的看花人轻轻叹一口气，在喜悦和怅惘中一一离去。而台北市有四五百万人口，每年来看花的人数虽多，也只是三四万，算来，看花者应是少数的痴心人。

在巷子里，在花树下，痴心人逢痴心人，大概彼此都有一分疼惜。赠伞的女子也许敬我重我，也许疼我怜我，她没说出口来，但其中自有深意在焉。想来，她应该一向深爱这棵花树，因而也就顺便爱惜在雨中兀立看花的我。

我们都是花下的一时过客，都为一树的华美芳郁而震慑而俯首，“风雨并肩处，记得岁岁看花人”。

那天雨愈下愈大，赠伞的女子想必已回到家了。我因手中撑伞，觉得有必要多站一会儿，才对得起赠伞人。此时，薄暮初临，花瓣纷落，细香微度。环顾四周，来者自来，去者自去，我们都是站在同一棵大树下惊艳的看花人——在同一个春天。我想，我因而还能再站一会儿，在暮春的花树下。

第一辑　只因为年轻啊

你为什么拿这一个

回家之前，我去买了一些水果。

我买了一根香蕉，两个橘子，和一个泰国椰子。中秋节刚过，家里水果没吃完的还很多，随便买一点即可。今天选的三样各有理由，香蕉是因为今年盛产，大家帮忙吃一点比较好，所以买它几乎是出于道德的因素。至于橘子是因为它初上市，皮还青青的，闻起来香味却极辛烈，令人想起千年前的老苏写给朋友的诗：

“一年好景君须记，最是橙黄橘绿时。”

只需花少许钱，就能买到季节的容颜和气味，以及秋来的诗兴，何乐不为——所以，买橘子，是基于美学理由。

而买椰子却有个非常简单明了的诉求，我口渴了，此刻已是晚上十点半，我在外工作了一整天，非常辛苦，自己带的水也喝完了，买可乐或矿泉水会留一个塑胶瓶来伤害大地，不如买椰子，椰汁甘美近酒，而且椰子壳对大地是无害的。

但我在排队付钱的时候，收账的老板娘却用非常奇怪的眼神望了我一眼，说：“喂，阿姨，你为什么要拿这一粒？”

她指的是那个椰子。

咦？这一个不能拿吗？难道顾客有义务告诉店家自己为什么要选某一个水果吗？这年头连父母都不见得敢问子女为什么要选某人为配偶了，我却竟要回答这么一个奇怪的问题。

“没什么，我随便拿的。”

付完钱，我请她帮我在椰子上凿一个洞。她凿好，替我插上麦管，然后，她转过身来，又追问了一句：“那么多粒椰子，你为什么偏偏拿这一粒？”

奇怪，原来她还没有放弃要问我真相，这一次，轮到我好奇了，“这一粒，有什么不该拿吗？”我问。

“大小都是三十元一粒，这一粒，特别小呀！”她叹气，仿佛我是白痴。“所以，刚才那根香蕉我没跟你拿钱……但是，怪呀，你为什么要选这一粒呢？”

她的年纪看起来不算小，从事这一行想必也有些岁月了，阅人大概也不在少数，看到我这种顾客不选大反选小，简直颠覆了她用专业知识归纳出来的金科玉律，所以想穷追猛打问个明白。

但我并不想挑个大大的椰子，我此刻并没有太渴，就算渴，我也快到家了，我只想有点什么润润喉而已，有什么必要花时间去精挑细选找粒椰汁饱足的大椰子呢？这跟道德的修养不太有关系，我只觉这样做比较合理而已。如果我此刻行过沙漠正午，喉干舌燥之际看见椰子摊上有大小不一而价钱一样的椰子，我大概也会拣个大的拿吧？

可是回顾前尘，我的大半辈子好像都没碰上什么非争不可或非挑不可的事，我习惯不争，可也没吃过什么大亏。像此刻，老板娘不就免了我的香蕉钱吗？也许她可怜我的弱智吧？其实她没算我香蕉钱我也是经她说明才知道的。我习惯不看秤、不复核，店家说多少我就给多少。我不是个全然不计较的人，但生命、义理、文章都够复杂了，实在顾不上水果的价钱啊。

我当场把椰汁喝完了，那分量不多不少，刚刚够润我当下的枯喉。

你真好，你就像我少年伊辰

她坐在淡金色的阳光里，面前堆着的则是一垛浓金色的柑仔。是那种我最喜欢的圆紧饱甜的“草山桶柑”。而卖柑者向例好像都是些老妇人，老妇人又一向都有张风干橘子似的脸。这样一来，真让人觉得她和柑仔有点什么血缘关系似的，其实卖番薯的老人往往有点像番薯，卖花的小女孩不免有点像花蕾。

那是一条僻静的山径，我停车，蹲在路边，跟她买了十斤柑仔。

找完了钱，看我把柑子放好，她朝我甜蜜温婉地笑了起来——连她的笑也有蜜柑的味道——她说:“啊，你这查某（女人）真好，我知，我看就知——”

我微笑，没说话，生意人对顾客总有好话说，可是她仍抓住话题不放……

“你真好——你就像我少年伊辰一样——”

我一面赶紧谦称“没有啦”，一面心里暗暗好笑起来——奇怪啊，她和我，到底有什么是一样的呢？我在大学的讲堂上教书，我出席国际学术会议，我驾着标致的205在山径御风独行。在台湾、在香港、在北京，我经过海关关口，关员总会抬起头来说:“啊，你就是张晓风。”而她只是一个老妇人，坐在路边，贩卖她今晨刚摘下来的柑仔。她却说，她和我是一样的，她说得那样安详笃定，令我不得不相信。

转过一个峰口，我把车停下来，望着层层山峦，慢慢反刍她的话，那袋柑仔个个沉实柔腻，我取了一个掂了掂。柑仔这种东西，连摸在手里都有极好的感觉，仿佛它是一枚小型的液态的太阳，可食、可触、可观、可嗅。

不，我想，那老妇人，她不是说我们一样，她是说，我很好，好到像她生命中最光华的那段时间一样好。不管我们的社会地位有多大落差，在我们共同对着一堆金色柑仔的时候，她看出来了，她轻易就看出来了，我们的生命基本上是相同的。我们是不同的歌手，却重复着生命本身相同的好旋律。

少年时的她是怎样的？想来也是个一身精力、上得山下得海的女子吧？她背后山坡上的那片柑仔园，是她一寸寸拓出来的吧？那些柑仔树，年年把柑仔像喷泉一样从地心挥洒出来的，也是她当日一棵棵栽下去的吧？满屋子活蹦乱跳的小孩，无疑也是她一手乳养大的？她想必有着满满实实的一生。而此刻，在冬日山径的阳光下，她望见盛年的我向她走来购买一袋柑仔，她却想卖给我她长长的一生，和一整座山的龃龉与谅解，以及她的伤痕和她的结痂。但她没有说，她只是温和地笑。她只是相信，山径上恒有女子走过——跟她少年时一样好的女子，那女子也会走出沉沉实实的一生。

我把柑仔掰开，把金船似的小瓣食了下去。柑仔甜而饱汁，我仿佛把老妇的赞许一同咽下。我从山径的童话中走过，我从烟岚的奇遇中走过，我知道自己是个好女人——好到让一个老妇想起她的少年，好到让人想起汗水，想起困厄，想起歌，想起收获，想起喧闹而安静的一生。

只因为年轻啊

1. 爱——恨

小说课上，正讲着小说，我停下来发问："爱的反面是什么！"

"恨！"

大约因为对答案很有把握，他们回答得很快而且大声，神情明亮愉悦，此刻如果教室外面走过一个不懂中国话的老外，随他猜一百次也猜不出他们唱歌般快乐的声音竟在说一个"恨"字。

我环顾教室，心里浩叹，只因为年轻啊，只因为太年轻啊，我放下书，说：

"这样说吧，譬如说你现在正谈恋爱，然后呢？就分手了，过了五十年，你七十岁了，有一天，黄昏散步，冤家路窄，你们又碰到一起了，这时候，对方定定地看着你，说：

"'×××，我恨你！'

"如果情节是这样的，那么，你应该庆幸，居然被别人痛恨了半个世纪，恨也是一种很容易疲倦的情感，要有人恨你五十年也不简单，怕就怕在当时你走过去说：

"'×××，还认得我吗？'

"对方愣愣地呆望着你说：

"'啊，有点面熟，你贵姓？'"

全班学生都笑起来，大概想象中那场面太滑稽太尴尬吧？

"所以说，爱的反面不是恨，是漠然。"

笑罢的学生能听得进结论吗？——只因为太年轻啊，爱和恨是那么容易说得清楚的一个字吗？

2. 受创

来采访的学生在客厅沙发上坐成一排，其中一个发问道：

"读你的作品，发现你的情感很细致，并且说是在关怀，但是关怀就容易受伤，对不对？那怎么办呢？"

我看了她一眼，多年轻的额，多年轻的颊啊，有些问题，如果要问，就该去问岁月，问我，我能回答什么呢？但她的明眸定定地望着我，我忽然笑起来，几乎有点促狭的口气。

"受伤，这种事是有的——但是你要保持一个完完整整不受伤的自己做什么用呢？你非要把你自己保卫得好好的不可吗？"

她惊讶地望着我，一时也答不上话。

人生世上，一颗心从擦伤、灼伤、冻伤、撞伤、压伤、扭伤，乃至内伤，哪能一点伤害都不受呢？如果关怀和爱就必须包括受伤，那么就不要完整，只要撕裂，基督不同于世人的，岂不正在那双钉痕宛在的受伤手掌吗？

小女孩啊，只因年轻，只因一身光灿晶润的肌肤太完整，你就舍不得碰碰撞撞就害怕受创吗！

3. 经济学的旁听生

“什么是经济学呢？”他站在讲台上，戴眼镜，灰西装，声音平静，典型的中年学者。

台下坐的是大学一年级的学生，而我，是置身在这二百人大教室里偷偷旁听的一个。

从一开学我就昂奋起来，因为在课表上看见要开一门《社会科学概论》的课程，包括四位教授来设“政治”“法律”“经济”“人类学”四个讲座。想起可以重新做学生，去听一门门对我而言崭新的知识，那份喜悦真是掩不住藏不严，一个人坐在研究室里都忍不住要轻轻地笑起来。

“经济学就是把‘有限资源’做‘最适当的安排’，以得到‘最好的效果’。”

台下的学生沙沙地抄着笔记。

“经济学为什么发生呢？因为资源‘稀少’，不单物质‘稀少’，时间也‘稀少’，而‘稀少’又是为什么？因为，相对于‘欲望’，一切就显得‘稀少’了……”

原来是想在四门课里跳过经济学不听的，因为觉得讨论物质的东西大概无甚可观，没想到一走进教室来竟听到这一番解释。

“你以为什么是经济学呢？一个学生要考试，时间不够了，书该怎么念，这就叫经济学啊！”

我愣在那里反复想着他那句“为什么有经济学——因为稀少——为什么稀少，因为欲望”而麻颤惊动，如同山间顽崖愚壁偶闻大师说法，不免震动到石土骨髓格格作响的程度。原来整场生命也可作经济学来看，生命也是如此短小稀少啊！而人的不幸却在于那颗永远渴切不止的有所索求、有所跃动、有所未足的心，为什么是这样的呢？为什么竟是这样的呢？我痴坐着，任泪下如雨不敢去动它，不敢让身旁年轻的助教看到，不敢让大一年轻的孩子看到。奇怪，为什么他们都不流泪呢？只因为年轻吗？因年轻就看不出如果生命像戏，也只能像一场短短的独幕剧吗？“朝如青丝暮成雪”，乍起乍落的一朝一暮间又何尝真有少年与壮年之分？“急把盏，夜阑灯灭”，匆匆如赴一场喧哗夜宴的人生，又岂有早到晚到早走晚走的分别？然而他们不悲伤，他们在低头记笔记。听经济学听到哭起来，这话如果是别人讲给我听，我大概会大笑，笑人家的滥情，可是……

“所以，”经济学教授又说话了，“有位文学家卡莱亚这样形容：经济学是门‘忧郁的科学’……”

我疑惑起来，这教授到底是因有心而前来说法的长者，还是以无心来渡脱的异人？至于满堂的学生正襟危坐是因岁月尚早，早如揭衣初涉水的浅溪，所以才凝然无动吗？为什么五月山栀子的香馥里，独独旁听经济学的我为这被一语道破的短促而多欲的一生而又惊又痛泪如雨下呢？

4. 如果作者是花

“年年岁岁花相似，岁岁年年人不同。”

诗选的课上，我把句子写在黑板上，问学生：

“这句子写得好不好？”

“好！”

他们的声音听起来像真心的，大概在强说愁的年龄，很容易被这样工整、俏皮而又怅惘的句子所感动吧？

“这是诗句，写得比较文雅，其实有一首新疆民谣，意思也跟它差不多，却比较通俗，你们知道那歌词是怎么说的？”

他们反应灵敏，立刻争先恐后地叫出来：

太阳下山明早依旧爬上来，
花儿谢了明年还是一样的开。
我的青春一去无影踪，
我的青春小鸟一样不回来，
我的青春小鸟一样不回来……

那性格活泼的干脆就唱起来了。

“这两种句子从感性上来说，都是好句子，但从逻辑上来看，却有不合理的地方——当然，文学表现不一定要合逻辑，但是我还是希望你们看得出来问题在哪里。”

他们面面相觑，又认真地反复念诵句子，却没有一个人答得上来。我等着他们，等满堂红润而聪明的脸，却终于放弃了，只因太年轻啊，有些悲凉是不容易觉察的。

“你知道为什么说‘花相似’吗？是因为陌生，因为我们不懂花，正好像一百年前，我们中国是很少看到外国人，所以在我们看起来，他们全是一个样子，而现在呢，我们看多了，才知道洋人和洋人大有差别，就算都是美国人，有的人也有本领一眼看出住纽约、旧金山和南方小城的不同。我们看去年的花和今年的花一样，是因为我们不是花，不曾去认识花、体察花，如果我们不是人，是花，我们会说：

“‘看啊，校园里每一年都有全新的新鲜人的面孔，可是我们花却

一年老似一年了。’

“同样的，新疆歌谣里的小鸟虽一去不回，太阳和花其实也是一去不回的，太阳有知，太阳也要说：

“‘我们今天早晨升起来的时候，已经比昨天疲软苍老了，奇怪，人类却一代一代永远有年轻的面孔……’

“我们是人，所以感觉到人事的沧桑变化，其实，人世间何物没有生老病死，只因我们是人，说起话来就只能看到人的痛，你们猜，那句诗的作者如果是花，花会怎么写呢？”

“年年岁岁人相似，岁岁年年花不同。”他们齐声回答。

他们其实并不笨，不，他们甚至可以说是聪明，可是，刚才他们为什么全不懂呢？只因为年轻，只因为对宇宙间生命共有的枯荣代谢的悲伤有所不知啊！

5. 高倍数显微镜

他是一个生物系的老教授，外国人，我认识他的时候他已经退休了。

“小时候，父亲是医生，他看病，我就站在他旁边，他说：‘孩子，你过来，这是哪一块骨头？’我就立刻说出名字来……”

我喜欢听老年人说自己幼小时候的事，人到老年还不能忘的记忆，大约有点像太湖底下捞起的石头，是洗净尘泥后的硬瘦剔透，上面附着一生岁月所冲积洗刷出的浪痕。

这人大概注定要当生物学家的。

“少年时候，喜欢看显微镜，因为那里面有一片神奇隐秘的世界，但是看到最细微的地方就看不清楚了，心里不免想，赶快做出高倍数的新式显微镜吧，让我看得更清楚，让我对细枝末节了解得更透彻，这样，我就会对生命的原质明白得更多，我的疑难就会消失……”

“后来呢？”

“后来，果然显微镜愈做愈好，我们能看清楚的东西，愈来愈多，可是……”

“可是什么？”

“可是我并没有成为我自己所预期的‘更明白生命真相的人’，糟糕的是比以前更不明白了，以前的显微倍数不够，有些东西根本没发现，所以不知道那里隐藏了另一段秘密，但现在，我看得愈细，知道的愈多，愈不明白了，原来在奥秘的后面还连着另一串奥秘……”

我看着他清癯渐消的颊和清灼明亮的眼睛，知道他是终于“认了”，半世纪以前，那意气风发的少年以为只要一架高倍数的显微镜，生命的秘密便迎刃可解，什么使他敢生出那番狂想呢？只因为年轻吧？只因为年轻吧？而退休后，在校园的行道树下看花开花谢的他终于低眉而笑，以近乎撒赖的口气说：

“没有办法啊，高倍数的显微镜也没有办法啊，在你想尽办法以为可以看到更多东西的时候，生命总还留下一段奥秘，是你想不通猜不透的……”

6. 浪掷

开学的时候，我要他们把自己形容一下，因为我是他们的导师，想多知道他们一点。

大一的孩子，新从成功岭下来，从某一点上看来，也只像高四罢了，他们倒是很合作，一个一个把自己尽其所能地描述了一番。

等他们说完了，我忽然觉得惊讶不可置信，他们中间照我来看分成两类，有一类说“我从前爱玩，不太用功，从现在起，我想要好好读点书”，另一类说：“我从前就只知道读书，从现在起我要好好参加些社团，或者去郊游。”

奇怪的是，两者都有轻微的追悔和遗憾。

我于是想起一段三十多年前的旧事，那时流行一首电影插曲（大约是叫《渔光曲》吧），阿姨舅舅都热心播唱，我虽小，听到“月儿弯弯照九州”觉得是可以同意的，却对其中另一句大为疑惑。

“舅舅，为什么要唱‘小妹妹青春水里流（或“丢”？不记得了）’呢？”

“因为她是渔家女嘛，渔家女打鱼不能上学，当然就浪费青春啦！”

我当时只知道自己心里立刻不服气起来，但因年纪太小，不会说理由，不知怎么吵，只好不说话，但心中那股不服倒也可怕，可以埋藏三十多年。

等读中学听到“春色恼人”，又不死心地去问，春天这么好，为什么反而好到令人生恼，别人也答不上来，那讨厌的甚至眨眨狎邪的眼光，暗示春天给人的恼和“性”有关。但事情一定不是这样的，一定另有一个道理，那道理我隐约知道，却说不出来。

更大以后，读《浮士德》，那些埋藏许久的问句都汇拢过来，我隐隐知道那里有番解释了。

年老的浮士德，面对满屋子自己做了一生的学问，在典籍册页的阴影中他乍乍瞥见窗外的四月，歌声传来，是庆祝复活节的喧哗队伍。那一霎间，他懊悔了，他觉得自己的一生都抛掷了，他以为只要再让他年轻一次，一切都会改观。中国元杂剧里老旦上场照例都要说一句“花有重开日，人无再少年”，（说得淡然而确定，也不知看戏的人惊不惊动），而浮士德却以灵魂押注，换来第二度的少年以及因少年才“可能拥有的种种可能”。可怜的浮士德，学究天人，却不知道生命是一桩太好的东西，好到你无论选择什么方式度过，都像是一种浪费。

生命有如一枚神话世界里的珍珠，出于沙砾，归于沙砾，晶光莹润的只是中间这一段短短的幻象啊！然而，使我们颠之倒之甘之苦之的不正是这短短的一段吗？珍珠和生命还有另一个类同之处，那就是你倾家荡产去买一粒珍珠是可以的，但反过来你要拿珍珠换衣换食却是荒谬的，就连镶成珠坠挂在美人胸前也是无奈的，无非使两者合作一场“慢动作的人老珠黄”罢了。珍珠只是它圆灿含彩的自己，你只能束手无策地看着它，你只能欢喜或喟然——因为你及时赶上了它出于沙砾且必然还原为沙砾之间的这一段灿然。

而浮士德不知道——或者执意不知道，他要的是另一次“可能”，像一个不知是由于技术不好或是运气不好的赌徒，总以为只要再让他玩一盘，就准能翻本。三十多年前想跟舅舅辩的一句话我现在终于懂得该怎么说了，打鱼的女子如果算是浪掷青春的话，挑柴的女子岂不也是吗？读书的名义虽好听，而令人眼目为之昏耗，脊骨为之佝偻，不也该算是青春的虚掷吗？此外，一场刻骨的爱情就不算烟云过眼吗？一番功名利禄就不算滚滚尘埃吗？不是啊，青春太好，好到你无论怎么过都觉浪掷，回头一看，都要生悔。

“春色恼人”那句话现在也懂了，世上的事最不怕的应该就是“兵来有将可挡，水来以土能掩”，只要有对策就不怕对方出招。怕就怕在一个人正小小心心地和现实生活斗阵，打成平手之际，忽然阵外冒出一个叫“宇宙大化”的对手，他斜里杀出一记叫“春天”的绝招，身为人类的我们真是措手不及。对着排天倒海而来的桃红柳绿，对着蚀骨的花香，夺魂的阳光，生命的豪奢绝艳怎能不令我们张皇无措，当此之际，真是不做什么既要懊悔——做了什么也要懊悔了。春色之叫人气恼跺脚，就是气在我们无招以对啊！

回头来想我导师班上的学生，聪明颖悟，却不免一半为自己的用功后悔，一半为自己的爱玩后悔——只因太年轻啊，只因年轻啊，以为只要换一个方式，一切就扭转过来而无憾了。孩子们，不是啊，真的不是这样的！生命太完美，青春太完美，甚至连一场匆匆的春天都太完美，完美到像喜庆节日里一个孩子手上的气球，飞了会哭，破了会哭，就连一日日空瘪下去也是要令人哀哭的啊！

所以，年轻的孩子，连这个简单的道理你难道也看不出来吗？生命是一个大债主，我们怎么混都是他的积欠户，既然如此，干脆宽下心来，来个“债多不愁”吧！既然青春是一场“无论做什么都觉是浪掷”的憾意，何不反过来想想，那么，也几乎等于“无论诚恳地做了什么都不必言悔”，因为你或读书或玩，或作战，或打鱼，恰恰好就是另一个人叹气说他遗憾没做成的。

——然而，是这样的吗？不是这样的吗？在生命的面前我可以大发职业病做一个把别人都看作孩子的教师吗？抑或我仍然只是一个大年龄的蒙童，一个不信不服欲有辩而又语焉不详的蒙童呢？

有些人

有些人，他们的姓氏我已遗忘，他们的脸却恒常浮着——像晴空，有整个雨季中我们不见它，却清晰地记得它。

那一年，我读小学二年级，有一个女老师——我连她的脸都记不起来了，但好像觉得她是很美的。有哪一个小学生心目中的老师不美呢！也恍惚记得她身上那片不太鲜丽的蓝。她教过我们些什么，我完全没有印象，但永远记得某个下午的作文课，一位同学举手问她“挖”字该怎么写，她想了一下，说：“这个字我不会写，你们谁会？”我兴奋地站起来，跑到黑板前写下了那个字。

那天，放学的时候，当同学们齐声向她说“再见”的时候，她向全班同学说：“我真高兴。我今天多学会了一个字，我要谢谢这位同学。”

我立刻快乐得有如肋下生翅一般——我平生似乎再没有出现那么自豪的时刻。

那以后，我遇见无数学者，他们尊严而高贵，似乎无所不知。但他们教给我的，远不及那个女老师多。她的谦逊，她对人不吝惜的称赞，使我突然间长大了。

如果她不会写“挖”字，那又何妨，她已挖掘出一个小女孩心中宝贵的自信。

有一次，我到一家米店去。

“你明天能把米送到我们的营地吗？”

“能。”那个胖女人说。

“我已经把钱给你了，可是如果你们不送，”我不放心地说，“我们又有什么证据呢？”

“啊！”她惊叫了一声，眼睛睁得圆突突，仿佛听见一件耸人听闻的罪案，“做这种事，我们是不敢的。”

她说“不敢”两字的时候，那种敬畏的神情使我肃然，她所敬畏的是什么呢？是尊贵古老的卖米行业？还是“举头三尺有神明”？她的脸，十年后的今天，如果再遇到，我未必能辨认，但我每遇见那无所不为的人，就会想起她——为什么其他的人竟无所畏惧呢！

有一个夏天，中午，我从街上回来，红砖人行道烫得人鞋底都要烧起来似的。忽然，我看到一个衣衫褴褛的中年人疲软地靠在一堵墙上，他的眼睛闭着，黧黑的脸曲扭如一截枯根。不知在忍受什么，他也许是中暑了，需要一杯甘洌的冰水。他也许很忧伤，需要一两句鼓励的话。虽然满街的人潮流动，美丽的皮鞋行过美丽的人行道，但是没有人驻足望他一眼。

我站了一会儿，想去扶他，但我闺秀式的教育使我不能不有所顾忌，如果他是疯子，如果他的行动冒犯我——于是我扼杀了我的同情，让我自己和别人一样漠然地离去。

那个人是谁？我不知道，那天中午他在眩晕中想必也没有看到我，我们只不过是路人。但他的痛苦却盘踞了我的心，他的无助的影子使我陷在长久的自责里。

上苍曾让我们相遇于同一条街，为什么我不能献出一点手足之情，为什么我有权漠视他的痛苦？我何以怀着那么可耻的自尊？如果可能，我真愿再遇见他一次，但谁又知道他在哪里呢？我们并非永远都有行善的机会——如果我们一度错过。

那陌生的脸于我是永远不可弥补的遗憾。

对于代数中的行列式，我是一点也记不得了。倒是记得那细瘦矮小、貌不惊人的代数老师。那年七月，当我们赶到联考考场的时候，只觉得整个人生都摇晃起来，无忧的岁月至此便渺茫了，谁能预测自己在考场后的人生？想不到的是代数老师也在那里，他那苍白而没有表情的脸竟会奔波过两个城市在考场上出现，是颇令人感到意外的。

接着，他蹲在泥地上，捡了一块碎石子，为特别愚鲁的我讲起行列式来。我焦急地听着，似乎从来未曾那么心领神会过。大地的泥土可以成为那么美好的纸张，尖锐的利石可以成为那么流利的彩笔——我第一次懂得。他使我在书本上的朱注之外了解了所谓“君子谋道”的精神。

那天，很不幸的，行列式并没有考，而那以后，我再没有碰过代数书，我的最后一节代数课竟是蹲在泥地上上的。我整个的中学教育也是在那无墙无顶的课室里结束的，事隔十多年，才忽然咀嚼出那意义有多美。

代数老师姓什么？我竟不记得了，我能记得语文老师所填的许多小词，却记不住代数老师的名字，心里总有点内疚。如果我去母校查一下，应该不甚困难，但总觉得那是不必要的，他比许多我记得住姓名的人不是更有价值吗？

魔季

蓝天打了蜡，在这样的春天。在这样的春天，小树叶儿也都上了釉彩。世界，忽然显得明朗了。

我沿着草坡往山上走，春草已经长得很浓了。唉，春天老是这样的，一开头，总惯于把自己藏在峭寒和细雨的后面。等真正一揭了纱，却又谦逊地为我们延来了长夏。

山容已经不再是去秋的清瘦了，那白绒绒的芦花海也都退潮了，相思树是墨绿的，荷叶桐是浅绿的，新生的竹子是翠绿的，刚冒尖儿的小草是黄绿的。还是那些老树的苍绿，以及藤萝植物的嫩绿，熙熙攘攘地挤满了一山。我慢慢地走着，我走在绿之上，我走在绿之间，我走在绿之下，绿在我里，我在绿里。

阳光的酒调是很淡，却很醇，浅浅地斟在每一个杯形的小野花里。到底是一位怎样的君王要举行野宴呢？何必把每个角落都布置得这样豪华雅致呢？让走过的人都不免自觉寒酸了。

那片大树下的厚毡是我们坐过的，在那年春天。今天我走过的时候，它的柔软仍似当年，它的鲜绿仍似当年，甚至连织在上面的小野花也都娇美如昔，啊，春天，那甜甜的记忆又回到我的心头来了——

其实不是回来，它一直存在着的！我禁不住怯怯地坐下，喜悦的潮音低低回响着。

清风在细叶间穿梭，跟着他一起穿梭的还有蝴蝶。啊，不快乐真是不合理的——在春风这样的旋律里。所有柔嫩的枝叶都邀舞了，沙沙地响起一片搭虎绸和细纱相擦的衣裙声。四月的音乐季呢！（我们有多久不闻丝竹的声音了？）宽广的音乐台上，响着甜美渺远的木箫，古典的七古弦琴，以及淙淙然的小银铃，合奏着繁复而又和谐的曲调。

我们已把窗外的世界遗忘得太久了，我们总喜欢过着四面混凝土的生活。我们久已不能像那些溪畔草地上执竿的牧羊人，以及他们仅避风雨的帐篷。我们同样也久已不能想象那些在陇亩间荷锄的庄稼人，以及他们只足容膝的茅屋。我们不知道脚心触到青草时的恬适，我们不晓得鼻腔遇到花香时的兴奋。真的，我们是怎么会疾驰得那么厉害的！

那边，清澈的山涧流着，许多浅紫、嫩黄的花瓣上下飘浮，像什么呢？我似乎曾经想画过这样一张画——只是，我为什么如此想画呢？是不是因为我的心底也正流着这样一带涧水呢？是不是由于那其中也正轻搅着一些美丽虚幻的往事和梦境呢？啊，我是怎样珍惜着这些花瓣啊，我是多么想掬起一把来作为今早的晨餐啊！

忽然，走来一个小女孩。如果不是我看过她，在这样薄雾未散尽、阳光诡谲闪烁的时分，我真要把她当作一个小精灵呢！她慢慢地走着，好一个小山居者，连步履也都出奇地舒缓了。她有一种天生的属于山野的纯朴气质，使我不自已地想逗她说几句话。

“你怎么不上学呢？凯凯。”

“老师说，今天不上学，”她慢条斯理地说，“老师说，今天是春天，不用上学。”

啊，春天！噢！我想她说的该是春假，但这又是多么美的语误啊！春天我们该到另一所学校去念书的。去念一册册的山，一行行的水。去速记风的演讲，又数骤云的变化。真的，我们的学校少开了许多的学分，少聘了许多的教授。我们还有许多值得学习的，我们还有太多应该效法的。真的呢，春天绝不该想鸡兔同笼，春天也不该背盎格鲁散克逊人的土语，春天更不该收集越南情势的资料卡。春天春天，春天来的时候我们真该学一学鸟儿，站在最高的枝柯上，抖开翅膀来，晒晒我们潮湿已久的羽毛。

那小小的红衣山居者好奇地望着我，稍微带着一些打趣的神情。

我想跟她说些话，却又不知道该讲些什么。终于没有说——我想所有我能教她的，大概春天都已经教过她了。

慢慢的，她俯下身去，探手入溪。花瓣便从她的指间闲散地流开去，她的颊边忽然漾开一种奇异的微笑，简单的、欢欣的、却又是不可捉摸的笑。我又忍不住叫了她一声——我实在怀疑她是笔记小说里的青衣小童。（也许她穿旧了那袭青衣，偶然换上这件的吧！）我轻轻地摸着她头上的蝴蝶结。

“凯凯。”

“嗯？”

“你在干什么？”

“我，”她踌躇了一下，茫然地说，“我没干什么呀！”

多色的花瓣仍然在多声的涧水中淌过，在她肥肥白白的小手旁边乱旋。忽然，她把手一握，小拳头里握着几片花瓣。她高兴地站起身来，将花瓣往小红裙里一兜，便哼着不成腔的调儿走开了。

我的心像是被什么击了一下，她是谁呢？是小凯凯吗？还是春花的精灵呢？抑或，是多年前那个我自己的重现呢？在江南的那个环山的小城里，不也住过一个穿红衣服的小女孩吗？在春天的时候她不是也爱坐在矮矮的断墙上，望着远远的蓝天而沉思吗？她不是也爱去采花吗？爬在树上，弄得满头满脸的都是乱扑扑的桃花瓣儿。等回到家，又总被母亲从衣领里抖出一大把柔柔嫩嫩的粉红。她不是也爱水吗？她不是一直梦想着要钓一尾金色的鱼吗？（可是从来不晓得要用钓钩和钓饵。）每次从学校回来，就到池边去张望那根细细的竹竿。俯下身去，什么也没有——除了那张又圆又憨的小脸。啊，那个孩子呢？那个躺在小溪边打滚，直揉得小裙子上全是草汁的孩子呢？她隐藏到什么地方去了呢？

在那边，那一带疏疏的树荫里，几只毛茸茸的小羊在啮草，较大的那只母羊很安详地躺着。我站得很远，心里想着如果能摸摸那羊毛该多么好。它们吃着、嬉戏着、笨拙地上下跳跃着。啊，春天，什么都是活泼泼的，都是喜洋洋的，都是嫩嫩的，都是茸茸的，都是叫人喜欢得不知怎么是好的。

稍往前走几步，慢慢进入一带浓烈的花香。暖融融的空气里加调上这样的花香真是很醉人的，我走过去，在那道陡的斜坡上，不知什么人种了一株栀子花。树很矮，花却开得极璀璨，白莹莹的一片，连树叶都几乎被遮光了。像一列可以采摘的六角形星子，闪烁着清浅的眼波。这样小小的一棵树，我想，它是拼却了怎样的气力才绽出这样的一树春华呢？四下里很静，连春风都被甜得腻住了——我忽然发现自己已经站了很久，哦，我莫不是也被腻住了吧！

酢浆草软软地在地上摊开、浑朴、茂盛，那气势竟把整个山顶压住了。那种愉快的水红色，映得我的脸都不自觉地热起来了！

山下，小溪蜿蜒。从高处俯视下去，阳光的小镜子在溪面上打着明晃晃的信号，啊，春天多叫人迷惘啊！它究竟是怎么回事呢？是谁负责管理这最初的一季呢？它想来应该是一种神奇的艺术家了，当它的神笔一挥，整个地球便美妙地缩小了，缩成了一束花球，缩成一方小小的音乐匣子。它把光与色给了世界，把爱与笑给了人类。啊，春天，这样的魔季！

小溪比冬天涨高了，远远看去，那个负薪者正慢慢地涉溪而过。啊，走在春水里又是怎样的滋味呢？或许那时候会恍然以为自己是一条鱼吧？想来做一个樵夫真是很幸福的，肩上挑着的是松香，（或许还夹杂着些山花野草吧！）脚下踏的是碧色琉璃，（并且是最温软、最明媚的一种。）身上的灰布衣任山风去刺绣，脚下的破草鞋任野花去穿缀。嗯，做一个樵夫真是很叫人嫉妒的。

而我，我没有溪水可涉，只有大片大片的绿罗裙一般的芳草，横生在我面前。我雀跃着，跳过青色的席梦思。山下阳光如潮，整个城布都沉浸在春里了。我遂想起我自己的那扇红门，在四月的阳光里，想必正焕发着红玛瑙的色彩吧！

他在窗前坐着，膝上放着一本布瑞克的国际法案，看见我便迎了过来。我几乎不能相信，我们已在一个屋檐下生活了一百多个日子。恍惚之间，我只觉得这儿仍是我们共同读书的校园。而此时，正是含着惊喜在楼梯转角处偶然相逢的一刹那。不是吗？他的目光如昔，他的声音如昔，我怎能不误认呢？尤其在这样熟悉的春天，这样富于传奇气氛的魔季。

前庭里，榕树抽着纤细的芽儿，许多不知名的小黄花正摇曳着，像一串晶莹透明的梦。还有古雅的蕨草，也善意地延着墙角滚着花边儿。啊，什么时候我们的前庭竟变成一列窄窄的画廊了。

我走进屋里，扭亮台灯，四下便烘起一片熟杏的颜色。夜已微凉，空气中沁着一些凄迷的幽香。我从书里翻出那朵栀子花，是早晨自山间采来的，我小心地把它夹入厚厚的大字典里。

“是什么？好香，一朵花吗？”

“可以说是一朵花吧，”我迟疑了一下，“而事实上是1965年的春天——我们所共同盼来的第一个春天。”

我感到我的手被一只大而温热的手握住，我知道，他要对我讲什么话了。

远处的鸟啼错杂地传过来，那声音纷落在我们的小屋里，四下遂幻出一种林野的幽深——春天该是很深很浓了，我想。

一句好话

小时候过年，大人总要我们说吉祥话，但碌碌半生，竟有一天我也要教自己的孩子说吉祥话了，才蓦然警觉这世间好话是真有的，令人思之不尽，但却不是“升官”“发财”“添丁”这一类的，好话是什么呢？冬夜的晚上，从爆白果的馨香里，我有一句没一句地想起来了。

1

“你们爱吃肥肉？还是瘦肉？”

讲故事的是个年轻的女佣人名叫阿密，那一年我八岁，听善忘的她一遍遍重复讲这个她自己觉得非常好听的故事，不免烦腻，故事是这样的：

有个人啦，欠人家钱，一直欠，欠到过年都没有还哩，因为没有钱还嘛。后来那个债主不高兴了，他不甘心，所以到了吃年夜饭的时候，就偷偷跑到欠钱的家里，躲在门口偷听，想知道他是真没有钱还是假没有钱，听到开饭了，那欠钱的说：

“今年过年，我们来大吃一顿，你们小孩子爱吃肥肉？还是瘦肉？”

（顺便插一句嘴，这是个老故事，那年头的肥肉瘦肉都是无上美味。）

那债主站在门外，听得清清楚楚，气得要死，心里想，你欠我钱，害我过年不方便，你们自己原来还有肥肉瘦肉拣着吃哩！他一气，就冲进屋里，要当面给他好看，等到跑到桌上一看，哪里有肉，只有一碗萝卜一碗番薯，欠钱的人站起来说，“没有办法，过年嘛，萝卜就算是肥肉，番薯就算是瘦肉，小孩子嘛！”

原来他们的肥肉就是白白的萝卜，瘦肉就是红红的番薯。他们是真穷啊，债主心软了，钱也不要了，跑回家去过年了。

许多年过去了，这个故事每到吃年夜饭时总会自动回到我的耳畔，分明已是一个不合时宜的老故事，但那个穷父亲的话多么好啊，难关要过，礼仪要守，钱却没有，但只要相恤相存，菜根也自有肥腴厚味吧！

在生命宴席极寒俭的时候，在关隘极窄极难过的时候，我仍要打起精神对自己说：

“喂，你爱吃肥肉？还是瘦肉？”

2

“我喜欢跟你用同一个时间。”

他去欧洲开会，然后转美国，前后两个月才回家，我去机场接他，提醒他说：“把你的表拨回来吧，现在要用台湾时间了。”

他愣了一下，说：

“我的表一直是台湾时间啊！我根本没有拨过去！”

“那多不方便！”

"也没什么，留着台湾的时间我才知道你和小孩在干什么，我才能想象，现在你在吃饭，现在你在睡觉，现在你起来了……我喜欢跟你用同一个时间。"

他说那句话，算来已有十年了，却像一幅挂在门额的绣锦，鲜色的底子历经岁月，却仍然认得出是强旺的火。我和他，只不过是凡世中，平凡又平凡的男子和女子，注定是没有情节可述的人，但久别乍逢的淡淡一句话里，却也有我一生惊动不已、感念不尽的恩情。

3

"好咖啡总是放在热杯子里的！"

经过罗马的时候，一位新识不久的朋友执意要带我们去喝咖啡。

"很好喝的，喝了一辈子难忘！"

我们跟着他东抹西拐大街小巷地走，石块拼成的街道美丽繁复，走久了，让人会忘记目的地，竟以为自己是出来踏石块的。

忽然，一阵咖啡浓香侵袭过来，不用主人指引，自然知道咖啡店到了。

咖啡放在小白瓷杯里，白瓷很厚，和中国人爱用的薄瓷相比另有一番稳重笃实的感觉。店里的人都专心品咖啡，心无旁骛。

侍者从一个特殊的保暖器里为我们拿出杯子，我捧在手里，忍不住讶道。

"咦，这杯子本身就是热的哩！"

侍者转身，微微一躬，说："女士，好咖啡总是放在热杯子里的！"

他的表情既不兴奋，也不骄矜，甚至连广告意味的夸大也没有，只是淡淡地在说一句天经地义的事而已。

是的，好咖啡总是应该斟在热杯子里的，凉杯子会把咖啡带凉了，香气想来就会蚀掉一些，其实好茶好酒不也都如此吗?

原来连“物”也是如此自矜自重的，《庄子》中的好鸟择枝而栖，西洋故事里的宝剑深契石中，等待大英雄来抽拔，都是一番万物的清贵，不肯轻易亵慢了自己。古代的禅师每从喝茶喂粥去感悟众生，不知道罗马街头那端咖啡的侍者也有什么要告诉我的，我多愿自己也是一份千研万磨后的香醇，并且慎重地斟在一只洁白温暖的厚瓷杯里，带动一个美丽的清晨。

4

“将来我们一起老。”

其实，那天的会议倒是很正经的，仿佛是有关学校的研究和发展之类的。

有位老师，站了起来，说:

“我们是个新学校，老师进来的时候都一样年轻，将来要老，我们就一起老了……”

我听了，简直是急痛攻心，赶紧别过头去，免得让别人看见眼泪——从来没想到原来同事之间的萍水因缘也可以是这样的一生一世啊！学院里平日大家都忙，有的分析草药，有的解剖小狗，有的带学生做手术，有的正埋首典籍……研究范围相差既远，大家都无暇顾及别人，然而在一度一度的后山蝉鸣里，在一阵阵的上课钟声间，在满山台湾相思芬芳的韵律中，我们终将垂垂老去，一起交出我们的青春而老去。

5

“你长大了，要做人了！”

汪老师的家是我读大学的时候就常去的，他们没有子女，我在那里从他读“花间词”，跟着他的笛子唱昆曲，并且还留下来吃温暖的羊肉涮锅……

大学毕业，我做了助教，依旧常去。有一次，为了买不起一本昂贵的书便去找老师给我写张名片，想得到一点折扣优待。等名片写好了，我拿来一看，忍不住叫了起来：

“老师，你写错了，你怎么写‘兹介绍同事张晓风’，应该写‘学生张晓风’的呀！”

老师把名片接过来，看看我，缓缓地说：

“我没有写错，你不懂，就是要这样写的，你以前是我的学生，以后私底下也是，但现在我们在一所学校里，你是助教，我是教授，阶级虽不同却都是教员，我们不是同事是什么！你不要小孩子脾气不改，你现在长大了，要做人了，我把你写成同事是给你做脸，不然老是‘学生’‘学生’的，你哪一天才成人？要记得，你长大了，要做人了！”

那天，我拿着老师的名片去买书，得到了满意的折扣，至于省掉了多少钱我早已忘记，但不能忘记的却是名片背后的那番话。直到那一刻，我才在老师的爱纵推重里知道自己是与学者同其尊与长者同其荣的，我也许看来不“像”老师的同事，却已的确“是”老师的同事了。

竟有一句话使我一夕成长。

我想走进那则笑话里去

围坐着喝茶的深夜，听到这样的笑话：有个茶痴，极讲究喝茶，干脆去住在山高水冽的地方，他常常浩叹世人不懂品茶。如此，二十年过去了。

有一天，大雪，他烧水泡茶，茶香满室，门外有个樵夫叩门，说：“先生啊！可不可以给我一杯茶喝？”

茶痴大喜，没想到饮茶半世，此日竟碰上闻香而来的知音，立刻奉上素瓯香茗，来人连尽三杯，大呼，好极好极，几乎到了感激涕零的程度。

茶痴问来人：“你说好极，请说说看，这茶好在哪里？”

樵夫一面喝第四杯，一面手舞足蹈：“太好了，太好了，我刚才快要冻僵了，这茶真好，滚烫滚烫的，一喝下去，人就暖和了。”

因为说的人表演得活灵活现，一桌子的人全笑了，促狭的人立刻现炒现卖，说：“我们也快喝吧，这茶好啊！滚烫哩！”

我也笑，不过旋即悲伤。

人方少年时，总有些耽溺于美。喝茶，算是生活美学里的一部分。凡是有条件可以在喝茶上讲究的人总舍不得不讲究。及至中年，才不免惘然发现，世上还有美以外的东西。

大凡人世中的美，如音乐、如书法、如室内设计、如舞蹈，总要求先天的敏锐加上后天的训练。前者是天分，当然足以傲人，后者是学养，也是可以自豪的。因此，凡具有审美眼光之人，多少都不免骄傲孤慢吧？《红楼梦》里的妙玉已是出家人，独于“美字头上”勘不破，光看她用隔年的雨水招待贾母刘姥姥喝茶，喝完了，她竟连“官窑脱胎白盖碗”也不要了——因为嫌那些俗人脏。

黛玉平日虽也是个小心自敛的寄居孤女，但一谈到美，立刻扬眉瞬目，眼中无人，不料一旦碰上妙玉，也只好败下阵来，当时妙玉另备好茶在室内相款，黛玉不该问了一句，“这也是旧年的雨水？”

妙玉冷笑一声：“你这么个人，竟是个大俗人，连水也尝不出来！这是五年前我在玄墓蟠香寺住着收的梅花上的雪，统共得了那一鬼脸青的花瓮一瓮，总舍不得吃，埋在地下，今年夏天才开了，我只吃过一回，这是第二回。你怎么尝不出来？隔年蠲的雨水，哪有这样清凉？如何吃得？”

风雅绝人的黛玉竟也有遭人看作俗物的时候，可见俗与不俗有时也有点像才与不才，是个比较上的问题。

笑话里的俗人樵夫也许可笑——但焉知那“茶痴”碰到“超级茶痴”的时候，会不会也遭人贬为俗物？

日本的十六世纪有位出身寒微的木下藤吉郎，一度改名羽柴秀吉，后来因为军功成为霸主，赐姓丰臣，便是后世熟知的丰臣秀吉。他位极人臣之余很想立刻风雅起来，于是拜了禅僧千利休上道。一日，丰臣秀吉穿过千利休的茶庵小门，见墙上插花一枝，赶紧跑到师傅前面，巴巴地说了一句看似开悟的话：“我懂了！”

千利休笑而不语——唉！我怀疑这千利休根本是故布陷阱。见了花而大叫一声“我懂了”的徒弟，自以为因而可以去领“风雅证书”了，却是全然不解风情的。我猜千利休当时的微笑极阴险也极残酷。不久之后，丰臣就借故把千利休杀了，我敢说千利休临刑之际也在偷笑，笑自己有先见之明，早就看出丰臣秀吉不能身列风雅之辈。

丰臣秀吉大概太累了，“风雅”二字令他疲于奔命，原来世上还有些东西比打仗还辛苦。不如把千利休杀了，从此一了百了。

相较之下，还是刘姥姥豁达，喝了妙玉的茶，她竟敢大大方方地说：“好虽好，就是淡了些。”

众人要笑，由他去笑，人只要自己承认自己愚俗，神经不知可以少绷断多少根。

那一夜，在众人的轰笑声中，我真想走到那则笑话里去，我想站在那茶痴前面，他正为樵夫的一句话气得跺脚，我大声劝他说：“别气了，茶有茶香，茶也有茶温，这人只要你的茶温不要你的茶香，这也没什么呀！深山大雪，有人因你的一盏茶而免于僵冻，你也该满足了。是这人来——虽然是俗人——你才有机会可以得到布施的福气，你也大可以望天谢恩了。”

怀不世之绝技，目高于顶，不肯在凡夫俗子身上浪费一丝一毫美，当然也没什么不对。但肯起身为风雪中行来的人奉上一杯热茶，看着对方由僵冷而舒活起来，岂不更为感人——只是，前者的境界是绝美的艺术，后者大约便是近于宗教的悲悯淑世之情了。

给我一个解释

一

后来，就再也没有见过那么美丽的石榴。石榴装在麻包里，由乡下亲戚扛了来。石榴在桌上滚落出来，浑圆艳红，微微有些霜溜过的老涩，轻轻一碰就要爆裂。爆裂以后则恍如什么大盗的私囊，里面紧紧裹着密密实实的、闪烁生光的珠宝粒子。

那时我五岁，住南京，那石榴对我而言是故乡徐州的颜色，一生一世不能忘记。

和石榴一样难忘的是乡亲讲的一个故事，那人口才似乎不好，但故事却令人难忘：

“从前，有对兄弟，哥哥老是会说大话，说多了，也没人肯信了，但他兄弟人好，老是替哥哥打圆场。有一次，他说：‘你们大概从来没有看过刮这么大的风——把我家的井都刮到篱笆外头去啦！’大家不信，弟弟说：‘不错，风真的很大，但不是把井刮到篱笆外头去了，是把篱笆刮到井里头来！’”

我偏着小头，听这离奇的兄弟，自己也不知道自己被什么所感动。只觉得心头沉甸甸的，跟装满美丽石榴的麻包似的，竟怎么也忘不了那故事里活灵活现的俩兄弟。

四十年来家国，八千里地山河，那故事一直尾随我，连同那美丽如神话如魔术的石榴，全是我童年时代好得介乎虚实之间的东西。

四十年后，我才知道，当年感动我的是什么——是那弟弟娓娓的解释，那言语间有委屈、有温柔、有慈怜和悲悯。或者，照儒者的说法，是有恕道。

长大以后，又听到另一个故事，讲的是几个人在联句（或谓其中主角乃清代画家金冬心），为了凑韵脚，有人居然冒出一句："飞来柳絮片片红"的句子。大家面面相觑，不知此人为何如此没常识，天下柳絮当然都是白的，但"白"不押韵，奈何？解围的才子出面了，他为那人在前面凑加了一句，"夕阳返照桃花渡"，那柳絮便立刻红得有道理了。我每想及此样的诗境，便不觉为其中的美感瞠目结舌。三月天，桃花渡口红霞烈山，一时天地皆朱，不知情的柳絮一头栽进去，当然也活该要跟万物红成一气。这样动人的句子，叫人不禁要俯身自视，怕自己也正站在夹岸桃花的落日夕照之间，怕自己的衣襟也不免沾上一片酒红。《圣经》上说："爱心能遮过错。"在我看来，因爱而生的解释才能把事情美满化解。所谓化解不是没有是非，而是超越是非。就算有过错也因那善意的解释如明矾入井，遂令浊物沉淀，水质复归澄莹。

女儿天性浑厚，有一次，小学年纪的她对我说："你每次说五点回家，就会六点回来，说九点回家，结果就会十点回来——我后来想通了，原来你说的是出发的时间，路上一小时你忘了加进去。"

我听了，不知该说什么。我回家晚，并不是忘了计算路上的时间，而是因为我生性贪溺，贪读一页书、贪写一段文字、贪一段山色……而小女孩说得如此宽厚，简直是鲍叔牙。二千多年前的鲍叔牙似乎早已拿定主意，无论如何总要把管仲说成好人。两人合伙做生意，管仲多取利润，鲍叔牙说："他不是贪心——是因为他家穷。"管仲三次做官都给人辞了。鲍叔牙说："他不是不长进，是他一时运气不好。"管仲打三次仗，每次都败亡逃走，鲍叔牙说："不要骂他胆小鬼，他是因为家有老母。"鲍叔牙赢了，对于一个永远有本事把你解释成圣人的人，你只好自肃自策，把自己真的变成圣人。

物理学家可以说，给我一个支点，给我一根杠杆，我就可以把地球举起来——而我说，给我一个解释，我就可以再相信一次人世，我就可以接纳历史，我就可以义无反顾地拥抱这荒凉的城市。

二

"述而不作"，少年时代不明白孔子何以要作这种没有才气的选择，我却希望作而不述。但岁月流转，我终于明白，述，就是去悲悯、去认同、去解释。有了好的解释，宇宙为之端正，万物由而含情。一部希腊神话用丰富的想象解释了天地四时和风霜雨露。譬如说朝露，是某位希腊女神的清泪。月桂树，则被解释为阿波罗钟情的女子。

农神的女儿成了地府之神的妻子，天神宙斯裁定她每年可以回娘家六个月。女儿归宁，母亲大悦，土地便春回。女儿一回夫家，立刻草木摇落众芳歇，农神的恩宠也翻脸无情——季节就是这样来的。

而莫考来是平原女神和宙斯的儿子，是风神，他出世第一天便跑到阿波罗的牧场去偷了两头牛来吃（我们中国人叫"白云苍狗"，在希腊人却成了"白云肥牛"）——风神偷牛其实解释了白云经风一吹，便消失无踪的神秘诡异。

神话至少有一半是拿来解释宇宙大化和草木虫鱼的吧？如果人类不是那么偏爱解释，也许根本就不会产生神话。

而在中国，共工与颛顼争帝，怒而触不周之山，在一番“折天柱、绝地维”之后，（是回忆古代的一次大地震吗？）发生了“天倾西北，地陷东南”的局面。天倾西北，所以星星多半滑到那里去了，地陷东南，所以长江黄河便一路向东入海。

而埃及的沙碛上，至今屹立着人面狮身的巨像，中国早期的西王母则“其状如人，豹尾、虎齿，穴处”。女娲也不免“人面蛇身”。这些传说解释起来都透露出人类小小的悲伤，大约古人对自己的“头部”是满意的，至于这副躯体，他们却多少感到自卑。于是最早的器官移植便完成了，他们使人头下面接了狮子、老虎或蛇鸟什么的。说这些故事的人恐怕是第一批同时为人类的极限自悼，而又为人类的敏慧自豪的人吧？

而钱塘江的狂涛，据说只由于伍子胥那千年难平的憾恨。雅致的斑竹，全是妻子哭亡夫洒下的泪水……

解释，这件事真令我入迷。

三

有一次，走在大英博物馆里看东西，而这大英博物馆，由于是大英帝国全盛时期搜刮来的，几乎无所不藏。书画古玩固然多，连木乃伊也列成军队一般，供人检阅。木乃伊还好，毕竟是密封的，不料走着走着，居然看到一具枯尸，赫然趴在玻璃橱里。浅色的头发，仍连着头皮，头皮绽处，露出白得无辜的头骨。这人还有个奇异的外号叫

“姜”，大概兼指他姜黄的肤色，和干皴如姜块的形貌吧！这人当时是采用西亚一带的砂葬，热砂和大漠阳光把他封存了四千年，他便如此简单明了地完成了不朽，不必借助事前的金缕玉衣，也不必事后塑起金身——这具尸体，他只是安静地趴在那里，便已不朽，真不可思议。

但对于这具尸体的“屈身葬”，身为汉人，却不免有几分想不通。对于汉人来说，“两腿一伸”就是死亡的代用语，死了，当然得直挺挺地躺着才对。及至回国，偶然翻阅一篇人类学的文章，内中提到屈身葬。那段解释不知为何令人落泪，文章里说：“有些民族所以采用屈身葬，是因为他们认为死亡而埋入土里，恰如婴儿重归母胎，胎儿既然在子宫中是屈身，人死入土亦当屈身。”我于是想起大英博物馆中那不知名的西亚男子，我想起在兰屿雅美人的葬地里一代代的死者，啊——原来他们都在回归母体。我想起我自己，睡觉时也偏爱“睡如弓”的姿势，冬夜里，尤其喜欢蜷曲如一只虾米的安全感。多亏那篇文章的一番解释，这以后我再看到屈身葬的民族，不会觉得他们“死得离奇”，反而觉得无限亲切——只因他们比我们更像大地慈母的孩子。

四

神话退位以后，科学所做的事仍然还是不断地解释。何以有四季？他们说，因为地球的轴心跟太阳成23度半的倾斜，原来地球恰似一侧媚的女子，绝不肯直瞪着看太阳，她只用眼角余光斜斜一扫，便享尽太阳的恩宠。何以有天际彩虹，只因为有万千雨珠——折射了日头的光彩，至于潮汐呢？那是月亮一次次致命的骚扰所引起的亢奋和委顿。还有甜沁的母乳为什么那么准确无误地随着婴儿出世而开始分泌呢（无论孩子多么早产或晚产）？那是落盘以后，自有讯号传回，通知乳腺开始泌乳……科学其实只是一个执拗的孩子，对每一件事物都好奇，并且不管死活地一路追问下去……每一项科学提出的答案，我都觉得应该洗手焚香，才能翻开阅读，其间吉光片羽，在我都是天机乍泄。科学提供宇宙间一切天工的高度业务机密，这机密本不该让我们凡夫俗子窥视知晓，所以我每聆到一则生物的或生理的科学知识，总觉得敬慎凛栗，心悦诚服。

诗人的角色，每每也负责作"歪打正着"式的解释，"何处合成愁？"宋朝的吴文英作了成分分析后，宣称那是来自"离人心上秋"。东坡也提过"春色三分，二分尘土，一分流水"的解释，说得简直跟数学一样精准。那无可奈何的落花，三分之二归回了大地，三分之一逐水而去。元人小令为某个不爱写信的男子的辩解也煞为有趣："不是不相思，不是无才思，绕清江，买不得天样纸。"这寥寥几句，已足令人心醉，试想那人之所以尚未修书，只因觉得必须买到一张跟天一样大的纸才够写他的无限情肠啊！

五

除了神话和诗，红尘素居，诸事碌碌中，更不免需要一番解释了，记得多年前，有次请人到家里屋顶阳台上种一棵树兰，并且事先说好了，不活包退费的。我付了钱，小小的树兰便栽在花圃正中间。一个礼拜后，它却死了。我对阳台上一片芬芳的期待算是彻底破灭了。

我去找那花匠，他到现场验了树尸，我向他保证自己浇的水既不多也不少，绝对不敢造次。他对着夭折的树苗偏着头呆看了半天，语调悲伤地说：

"可是，太太，它是一棵树啊！树为什么会死，理由多得很呢——譬如说，它原来是朝这方向种的，你把它拔起来，转了一个方向再种，它可能就要死！这有什么办法呢？"

他的话不知触动了我什么，我竟放弃退费的约定，一言不发地让他走了。

大约，忽然之间，他的解释让我同意，树也是一种自主的生命，它可以同时拥有活下去以及不要活下去的权利，虽然也许只是调了一个方向，但它就是无法活下去，不是有的人也是如此吗？我们可以到工厂里去订购一定容量的瓶子，一定尺码的衬衫，生命却不容你如此订购的啊！

以后，每次走过别人墙头冒出来的、花香如沸的树兰，微微的失望里我总想起那花匠悲伤的声音。我想我总是肯同意别人的——只要给我一个好解释。

至于孩子小的时候，做母亲的糊里糊涂地便已就任了"解释者"的职位。记得小男孩初入幼稚园，穿着粉红色的小围兜来问我，为什么他的围兜是这种颜色。我说："因为你们正像玫瑰花瓣一样可爱呀！""那中班为什么穿蓝兜？""蓝色是天空的颜色，蓝色又高又亮啊！""白围兜呢？大班穿白围兜。""白，就像天上的白云，是很干净很纯洁的意思。"他忽然开心地笑了，表情竟是惊喜，似乎没料到小小围兜里居然藏着那么多的神秘。我也吓了一跳，原来孩子要的只是那么少，只要一番小小的道理，就算信口说的，就够他着迷好几个月了。

十几年过去了，午夜灯下，那小男孩用当年玩积木的手在探索分子的结构。黑白小球结成奇异诡秘的勾连，像一扎紧紧的玫瑰花束，又像一篇布局繁复却条理井然无懈可击的小说。

“这是正十二面烷。”他说，我惊讶这模拟的小球竟如此匀称优雅，黑球代表碳、白球代表氢，二者的盈虚消长便也算物华天宝了。

“这是赫素烯。”

“这是……”

我满心感激，上天何其厚我，那个曾要求我把整个世界一一解释给他听的小男孩，现在居然用他化学方面的专业知识向我解释我所不了解的另一个世界。

如果有一天，我因生命衰竭而向上天祈求一两年额外加签的岁月，其目的无非是让我回首再看一看这可惊可叹的山川和人世。能多看它们一眼，便能多用悲壮的、虽注定失败却仍不肯放弃的努力再解释它们一次。并且也欣喜地看到人如何用智慧、用言词、用弦管、用丹青、用静穆、用爱一一对这世界作其圆融的解释。

是的，物理学家可以说，给我一个支点、给我一根杠杆，我就可以把地球举起来——而我说，给我一个解释，我就可以再相信一次人世，我就可以接纳历史，我就可以义无反顾地拥抱这荒凉的城市。

细细的潮音

每到月盈之夜，我恍惚总能看见一幢筑在悬崖上的小木屋，正启开它的每一扇窗户，谛听远远近近的潮音。

而我们的心呢？似乎已经习惯于一个无声的世代了。只是，当满月的清辉投在水面上，细细的潮音便来撼动我们沉寂已久的心，我们的胸臆间遂又鼓荡着激昂的风声水响！

那是个夏天的中午，太阳晒得每一块石头都能烫人。我一个人撑着伞站在路旁等车。空气凝成一团不动的热气。而渐渐的，一个拉车的人从路的尽头走过来了。我从来没有看过走得这样慢的人。满车的重负使他的腰弯到几乎头脸要着地的程度。当他从我面前经过的时候，我忽然发现有一滴像大雨点似的汗，从他的额际落在地上，然后，又是第二滴。我的心刹那间被抽得很紧，在没有看到那滴汗以前，我是同情他，及至发现了那滴汗，我立刻敬服他了——一个用筋肉和汗水灌溉着大地的人。好几年了，一想起来总觉得心情激动，总好像还能听到那滴汗水掷落在地上的巨响。

一个雪晴的早晨，我们站在合欢山的顶上，弯弯的涧水全都被积雪淤住。忽然，觉得故国冬天又回来了。一个台籍战士兴奋地跑了过来。

“前两天雪下得好深啊！有一公尺呢！我们走一步就铲一步雪。”

我俯身拾了一团雪，在那一盈握的莹白中，无数的往事闪烁，像雪粒中不定的阳光。

“我们在堆雪人呢。”那战士继续说，“还可以用来打雪仗呢！”

我望着他，却说不出一句话，也许只在一个地方看见一次雪景的人是比较有福的。只是万里外的客途中重见过的雪，却是一件悲惨的故事。我抬起头来，千峰壁直，松树在雪中固执地绿着。

到达麻风病院的那个黄昏已经是非常疲倦了。走上石梯，简单的教堂在夕晖中独立着。长廊上有几个年老的病人并坐，看见我们便一起都站了起来，久病的脸上闪亮着诚恳的笑容。

“平安。”他们的声音在平静中显出一种欢愉的特质。

“平安。”我们哽咽地回答，从来没有想到这样简单的字能有这样深刻的意义。

那是一个不能忘记的经验，本来是想去安慰人的，怎么也想不到反而被人安慰了。一群在疾病中和鄙视中延喘的人，一群可怜的不幸者，居然靠着信仰能现出那样勇敢的笑容。至于夕阳中那安静、虔诚，而又完全饶恕的目光，对我们健康人的社会又是怎样一种责难啊！

还有一次，午夜醒来，后庭的月光正在涨潮，满园的林木都淹没在发亮的波澜里。我惊讶地坐起，完全不能置信地望着越来越浓的月光，一时不知道自己究竟是在快乐，还是忧愁。只觉得如小舟，悠然浮起，浮向似乎很近又似乎很远的青天，而微风里橄榄树细小的白花正飘着、落着，矮矮的通往后院的阶石在月光下被落花堆积得有如玉砌一般。我忍不住欢喜起来，活着真是一种极大的幸福——这种晶莹的夜，这样透明的月光，这样温柔的、落着花的树。

生平读书，最让我感慨的莫过廉颇的遭遇，在那样不被见用老年，他有着多少凄怆的徘徊。昔日赵国的大将，今日已是伏枥的老骥了。当使者来的时候，他为之“一饭斗米、肉十斤，披甲上马，以示尚可用”的苦心是何等悲哀。而终于还是受了谗言不能擢用，那悲哀就更深沉了。及至被楚国迎去了。黯淡的心情使他再没有立功的机运。终其后半生，只说了一句令人心酸的话：“我思用赵人。”

想想，在异国，在别人的宫廷里，在勾起舌头说另外一种语言的土地上，他过的是一种怎样落寂的日子啊！名将自古也许是真的不许见白头吧！当他叹道：“我想用我用惯的赵人”的时候，又意味着一个怎样古老、苍凉的故事！而当太史公记载这故事，我们在二千年后读这故事的时候，多少类似的剧本又在上演呢？

又一次读韦庄的一首词，也为之激动了好几天。所谓“温柔敦厚”应该就是这种境界吧？那首词是写一个在暮春的小楼上独立凝望的女子，当她伤心不见远人的时候，只含蓄地说了一句话：“千山万水不曾行，魂梦欲教何处觅。”不恨行人的忘归，只恨自己不曾行过千山万水，以致魂梦无从追随。那种如泣如诉的真情，那种不怨不艾的态度，给人一种凄婉低迷的感受，那是一则怎样古典式的爱情啊！

还有一出昆曲《思凡》，也令我震撼不已。我一直想找出它的作者，但据说是不可能了。曾经请教了我非常敬服的一位老师，他也只说：“词是极好的词，作者却找不出来了，猜想起来大概是民间的东西。”我完全同意他的见解，这样拔山倒海的气势，斩铁截钉的意志，不是正统文人写得出来的。

当小尼赵色空立在无人的回廊上，两旁列着威严的罗汉，她却勇敢地唱着：“他与咱，咱共他，两下里多牵挂，冤家，怎能够成就了姻缘，就死在阎王殿前，由他把那碓来舂、锯来解、磨来挨，放在油锅里去炸。啊呀，由他。只见活人受罪，哪曾见死鬼带枷。啊呀，由他，只见活人受罪，哪曾见死鬼戴枷。啊呀，由他，火烧眉毛且顾眼下。”接着她一口气唱着，“哪里有天下园林树木佛，哪里有枝枝叶叶光明佛，哪里有江湖两岸流沙佛，哪里有八万四千弥陀佛。从今去把钟佛殿远离却，下山去寻一个少年哥哥，凭他打我、骂我、说我、笑我，一心不愿成佛，不念弥陀般若波罗。便愿生下一个小孩儿，却不道是快活煞了我。”

每听到这一出，我总觉得心血翻腾，久久不能平复，几百年来，人们一直以为这是一个小尼姑思凡的故事。何尝想到这实在是极强烈的人文思想。那种人性的觉醒，那种向传统唾弃的勇气，那种不顾全世界鄙视而要开拓一个新世纪的意图，又岂是满园嗑瓜子的脸所能了解的？

一个残冬的早晨，车在冷风中前行，收割后空旷的禾田蔓延着。冷冷清清的阳光无力地照耀着。我木然而坐，翻着一本没有什么趣味的书。忽然，在低低的田野里，一片缤纷的世界跳跃而出。“那是什么？”我惊讶地问着自己，及至看清楚一大片杂色的杜鹃，却禁不住笑了起来。这种花原来是常常看到的，春天的校园里几乎没有一个石隙不被它占去的呢！在瑟缩的寒流季里，乍然相见的那份喜悦，却完全是另外一种境界了。甚至在初见那片灿烂的彩色时，直觉中感到一种单纯的喜悦，还以为那是一把随手散开来的梦，被遗落在田间的呢！到底它是花呢？是梦呢？还是虹霓坠下时碎成的片段呢？或者，什么也不是，只是佛家所说偶然幻化的留影呢？

博物馆的黄色帷幕垂着，依稀地在提示着古老的帝王之色。陈列柜里的古物安静地深睡了，完全无视于落地窗外年轻的山峦。我轻轻地走过每件千年以上的古物，我的影子映在打蜡的地板上，旋又消失。而那些细腻朴拙的瓷器、气象恢宏的画轴、纸色半枯的刻本、温润无瑕的玉器，以及微现绿色的钟鼎，却凝然不动地闪着冷冷的光。隔着无情的玻璃，看这个幼稚的世纪。

望着那犹带中原泥土的故物，我的血忽然澎湃起来，走过历史，走过辉煌的传统，我发觉我竟是这样爱着自己的民族、自己的文化。那时候，莫名地想哭，仿佛一个贫穷的孩子，忽然在荒废的后园里发现了祖先留下来买宝物的坛子，上面写着“子孙万世，永宝勿替”。那时，才忽然知道自己是这样富有——而博物院肃穆着如同深沉的庙堂，使人有一种下拜的冲动。

在一本书，我看到史博士的照片。他穿着极简单的衣服，抱膝坐在一块大石头上。背景是一片广漠无物的非洲土地，益发显出他的孤单。照画面的光线看来，那似乎是一个黄昏。他的眼睛在黯淡的日影中不容易看出是什么表情，只觉得他好像是在默想。我不能确实说出那张脸表现了一些什么，只知道那多筋的手臂和多纹的脸孔像大浪般，深深地冲击着我，或许他是在思念欧洲吧？大教堂里风琴的回响，歌剧院里的紫色帷幕也许仍模糊地浮在他的梦里。这时候，也许是该和海伦在玫瑰园里喝下午茶的时候，是该和贵妇们谈济慈和尼采的时候。然而，他却在非洲，住在一群悲哀的、黑色的、病态的人群中，在赤道的阳光下，在低矮的窝棚里，他孤孤单单地爱着。

我骄傲，毕竟在当代三十二亿张脸孔中，有这样一张脸！那深沉、瘦削、疲倦、孤独而热切的脸，这或许是我们这贫穷的世纪中唯一的产生。

当这些事，像午夜的潮音来拍打岸石的时候，我的心便激动着。如果我们的血液从来没有流得更快一点，我们的眼睛从来没有燃得更亮一点，我们的灵魂从来没有升华得更高一点，日子将变得怎样灰暗而苍老啊！

不是常常有许多小小的事来叩打我们心灵的木屋吗？可是为什么我们老是听不见呢？我们是否已经世故得不能被感动了？让我们启开每一扇窗门，去谛听这细细的潮音，让我们久暗的心重新激起风声水声！

海滩上没有发生的事

天热了，学校离海不远，老师把学生带到海边去玩。他们不太敢让学生下水，怕出事，校长却不怕，他自己站在水深处，规定学生以他为界，只准在水浅处玩。

小孩都乐疯了，连极胆小的也下了水，终于，大家都玩得尽兴了，学生纷纷上岸。这时，发生了一件事，把校长吓得目瞪口呆。

原来，那些一二年级的小女孩上得岸来，觉得衣服湿了不舒服，便当众把衣裤脱了，在那里拧起水来。光天化日之下，她们竟然造成了一小圈天体营。

校长第一个冲动便是想冲上前去喝止——但，好在，凭着一个教育家的直觉，他等了几秒钟。这一等，太好了，于是，他发现四下里其实并没有任何人在大惊小怪。高年级的同学也没有人投来异样的眼光，傻傻的小男生更不知道他们的女同学不够淑女，海滩上一片天真欢乐。小女孩做的事不曾骚扰任何人，她们很快拧干了衣服，重新穿上——像船过水无痕，什么麻烦都没有留下。

不能想象，如果当天校长一声吼骂，会给那个快乐的海滩之旅带来多么愁惨尴尬的阴影。那些小女孩会永远记得自己当众丢了丑，而大孩子便学会了鄙视别人的“无行”，并为自己的“有行”而沾沾自喜。

他们是不必拭擦尘埃的，因为他们是大地，尘埃对他们而言是无妨无碍的，他们不必急着学会为礼俗规范而羞惭。他们何必那么快学会成人社会的琐碎小节？

许多事，如果没有那些神经质的家伙大叫一声：“不得了啦！问题可严重啦！”原来也可以不成其为问题的。

第二辑　尘缘

尘缘

大约两岁吧，那时的我。父亲中午回家吃完饭，又要匆匆赶回办公室去。我不依，抓住他宽边的军腰带不让他系上，说："你戴上这个就是要走了，我不要！"我抱住他的腿不让他走。

那个年代的军人军纪如山，父亲觉得迟到之罪近乎通敌。他一把抢回了腰带，还打了我——这事我当然不记得了，是父亲自己事后多次提起，我才印象深刻。父亲每提及此事，总露出一副深悔的样子。我有时想，挨那一顿打也真划得来啊，父亲因而将此事记了一辈子，悔了一辈子。

"后来，我就舍不得打你了。就那一次。"他说。

那时，两岁的我不想和父亲分别。半个世纪之后，我依然要赖，依然想抓住什么留住父亲，依然对上帝说：

"把父亲留给我吧！留给我吧！"

然而上帝没有允许我的强留。

当年小小的我不知道自己为什么留不住父亲，半个世纪后，我仍然不明白父亲为什么非走不可。当年的我知道他系上腰带就会走，现在的我知道他不思饮食、记忆涣散便也是要走。然而，我却一无长策，眼睁睁看着老迈的他杳杳而逝。

记忆中小时候，父亲总是带我去田间散步，教我阅读名叫“自然”的这部书。他指给我看螳螂的卵，他带回被寄生蜂下过蛋的虫蛹。后来有一次，我和五阿姨去散步，三岁的我偏头问阿姨道：

“你看，菜叶子上都是洞，是怎么来的？”

“虫吃的。”阿姨当时是大学生。

“那，虫在哪里？”

阿姨答不上来，我拍手大乐。

“哼，虫变蛾子飞跑了，你都不知道，虫变蛾子飞跑了！你都不知道！”

我对生物的最初惊艳，来自父亲，我为此终生感激。

然而父亲自己蜕化而去的时候，我却痛哭不依。他化蝶远扬，我却总不能相信这种事竟然发生了，那么英挺而强壮的父亲，谁把他偷走了？

父亲九十一岁那年，我带他回故乡。距离他上一次回乡，前后是五十九年。

“你不是‘带’他回去，是‘陪’他回去。”我的朋友纠正我。

“可是，我的情况是真的需要‘带’他回去。”

我们一行四人，父亲、母亲、我和护士。我们用轮椅把他推上飞机，推入旅馆，推进火车。火车离开南京城后不久，就到了滁县。我起先吓了一跳，“滁州”这个地方好像应该好好待在欧阳修的《醉翁亭记》里，怎么真的有个滁州在这里。我一路问父亲，现在是哪一站了，他一一说给我听，我问他下一站的站名，他也能回答上来。奇怪，平日颠三倒四的父亲，连刚吃过午饭都会旋即忘了又要求母亲开饭，怎么一到了滁州城附近就如此凡事历历分明起来？

“姑娘（即姑母）在哪里？”

“褚兰。”

“外婆呢？”

“住宝光寺。”

其他亲戚的居处他说来也都了如指掌，这是他魂牵梦绕的所在吧？

“大哥，你知道这是什么田？”三叔问他。

“知道，”爸爸说，“白芋田。”

白芋就是白番薯的意思，红番薯则叫“红芋”。

不知为什么，近年来他像小学生，总乖乖回答每一道问题。

“翻白芋秧子你会吗？”三叔又问。

“会。”

白芋秧子就是番薯叶，这种叶子生命力极旺盛，如果不随时翻它，它就会不断抽长又不断扎根，最后白芋就长不好了。所以要不断叉起它来，翻个面，害它不能多布根，好专心长番薯。

年轻时的父亲在徐州城里念师范，每次放假回家，便帮忙做农活。我想父亲当年年轻，打着赤膊，在田里执叉翻叶，那个男孩至今记得白芋叶该怎么翻。想到这里，我心下有了一份踏实，觉得在茫茫大地上，也有某一块田是父亲亲手料理过的，我因而觉得一份甜蜜安详。

父亲回乡，许多杂务都是一位叫安营的表哥打点的，包括租车和食宿的安排。安营表哥的名字很特别，据说那年有军队过境，在村边安营，表哥就叫了这个名字。

“这位是谁你认识吗？”我问。

“不认识。”

“他就是安营呀！”

“安营？”父亲茫然，“安营怎么这么大了？”

这组简单的对话，一天要说上好几次，然而父亲总是不能承认面前此人就是安营。上一次，父亲回家见他，他年方一岁，而今他已是儿孙满堂的六十岁老人了。去家离乡五十九年，父亲的迷糊我不忍心用“老年痴呆”来解释。两天前我在飞机上见父亲读英文报，便指些单词问他：

“这是什么字？”

“西藏。”

“这个呢？”

“以色列。”

我惊讶他一一回答，奇怪啊，到底记得什么又到底不记得什么呢？

我们到田塍边拜谒过祖父母的坟，父亲忽然说：

“我们回家去吧！”

“家？家在哪里？”我故意问他。

“家，家在屏东呀！”

我一惊，这一生不忘老家的人其实是以屏东为家的。屏东，那永恒的阳光的城垣。

家族中走出一位老妇人，是父亲的二堂婶，是一切家人中最老的，九十三了，腰杆笔直，小脚走得踏实迅快。她看了父亲一眼，用乡下人简单而大声的语言宣布：

“他迂了！”

乡人说的“迂”，就是“老年痴呆”的意思，我的眼泪立刻涌出来，我一直刻意闪避的字眼，这老妇人竟直截了当地道了出来，如此清晰如此残忍。

我开始明白“父母在”和“父母健在”是不同的，但我仍依恋仍不舍。

父亲过南京时，有老友陈颐鼎将军来访。陈伯伯和父亲是同乡，交情素厚，但我告诉他陈伯伯在楼下，正要上来，他却勃然色变，说：

“干吗要见他？”

陈伯伯曾到过台湾，训练过一批新兵，那是民国三十五年。这批新兵训练得还不太好就上战场了，结果吃了败仗，便成了台籍滞留大陆的老兵，陈伯伯也就因而成了共产党人。

“我一辈子都不见。”他说，一脸执倔。

他不明白这话不合时宜了。

陈伯伯进来，我很紧张。陈伯伯一时激动万分，紧握父亲的手热泪直流。父亲却淡淡的，总算没赶人家出去，我们也就由他。

“陈伯伯和我父亲当年的事，可以说一件给我听听吗？”事后我问陈伯母。

“有一次打仗，晚上也打，不能睡，又下雨，他们两个人困极了，就穿着雨衣，背靠背地站着打盹。”

我又去问陈伯伯：

“我父亲，你对他印象最深的是什么？”

“他上进。他起先当‘学兵’，看人家黄埔出身，他就也去考黄埔。等从黄埔出来，他想想，觉得学历还不够好，又去读陆军大学，然后，又去美国……”

陈伯伯军阶一直比父亲稍高，但我看到的他只是个慈祥的老人，喃喃地说些六十年前的事情。

父亲急着回屏东，我们就尽快回来了。回来后父亲安详贞定，我那时忽然明白了，台湾，才是他愿意埋骨的所在。

一九四九年，父亲本来是最后一批离开重庆的人。

“我会守到最后五分钟。”

他对母亲说。那时我们在广州，正要上船。他们两人把一对日本鲨鱼皮鞘的军刀各拿了一把，那算是家中比较值钱的东西，是受降时分得的战利品。

“但愿人长久，千里共婵娟。”

战争中每次分手，父亲都写这句话给妈妈。那个时代的人仿佛活在电影情节里，每天都是生离死别。

后来父亲遇见了一个旧日部属，那部属在战争结束后改行卖纸烟。他给了父亲几条烟，又给了他一张假身份证，把姓名“张家闲”改成“章佳贤”，且缝了一只土灰布的大口袋做烟袋，父亲就从少将军官变成了烟贩子。背上袋子，他便直奔山区而去，参加游击队。以后取道老挝，转香港飞到台湾，这一周折，使他多花了一年零二十天才和家人重逢。

那一年里我们不幸也失去外婆，母亲总是胃痛，痛的时候便叫我把头枕在她胃上，说是压一压就好了。那时我小，成天到小池塘边抓小鱼来玩，忧患对我是个似懂非懂的怪兽，它敲门的时候，不归我应门。他们把外婆火化了，打算不久以后带回老家去，过了二十年，死了心，才把她葬在三张犁。

父亲从来没跟我们提过他被俘和逃亡的艰辛，许多年以后，母亲才陆续透露几句。但那些恐惧在他晚年时却一度再现。有一天妈妈外出回来，他说：

“刚才你不在，有人来跟我收钱。”

“收什么钱？”

“他说我是甲级战俘，要收一百块钱，乙级的收五十块。”

妈妈知道他把现实和梦境搞混了，便说：

“你给他了没有？”

“没有。我告诉他我身上没钱，我太太出去了，等下我太太回来你跟她收好了。”

那是他的梦魇，四十多年不能抹去的梦魇，奇怪的是梦魇化解的方法倒也十分简单，只要说一句“你去找我太太收”就可以了。

幼小的时候，父亲不断告别我们，及至我十七岁读大学，便是我告别他了。我现在才知道，虽然我们共度了半个世纪，我们仍算父女缘薄！这些年，我每次回屏东看他，他总说：

“你是有演讲，顺便回来的吗？”

我总“嗯哼”一声带过去。我心里想说的是，爸爸啊，我不是因为要演讲才顺便来看你的，我是因为要看你才顺便答应演讲的啊！然而我不能说，他只容我“顺便”看他，他不要我为他担心。

有一年中秋节，母亲去马来西亚探望妹妹，父亲一人在家，我不放心，特意南下去陪他，他站在玄关处骂起我来：

“跟你说不用回来、不用回来，你怎么又跑回来了？你回来，回去的车票买不到怎么办？叫你别回来，不听！”

我有点不知所措，中秋节，我丢下丈夫、孩子来陪他，他反而骂我。但愣了几秒钟后，我忽然明白了，这个钢铮的北方汉子，他受不了柔情，他不能忍受让自己接受爱宠，他只好骂我。于是我笑笑，不理他，且去动手做菜。

父亲对母亲也少见浪漫镜头，但有一次，他把我叫到一边，说：“你们姐妹也太不懂事了！你妈快七十的人了，她每次去台北，你们就这个要五包凉面，那个要一只盐水鸭，她哪里提得动？”

母亲比父亲小十一岁，我们一直都觉得她是年轻的那一个，我们忘记了她也在老。又由于想念屏东眷村老家，每次就想要点美食来解乡愁，只有父亲看到母亲已不堪提携重物。

由于父亲是军人，而我们子女都不是，没有人知道他在他那行算怎样一个人物。连他得过的两枚云麾勋章，我们也弄不清楚相当于多大的战绩。但我读大学时有一次站在公交车上，听几个坐在我前面的军人谈论陆军步兵学校的人事，不觉留意。父亲曾任步兵学校的教育长、副校长，有一阵子还代理校长。我听他们说着说着就提到父亲，我的心跳起来，不知他们会说出什么话来。只听一个说：

“他这人是个好人。”

又一个说：

“学问也好。”

我心中一时激动不已，能在他人口碑中认识自己父亲的好，真是幸运。

又有一次，我和丈夫、孩子到鹭鸶潭去玩，晚上便宿在山间。山中有几间茅屋，是一些老兵盖来做生意的，我把身份证拿去登记，老兵便叫了起来：

“呀，你是张家闲的女儿。副校长是我们的老长官了，副校长道德学问都好。这房钱，不能收了。”

我当然也不想占几个老兵的便宜，几经推让，打了折扣收钱。其实他们不知道，我真正受惠的不是那一点折扣，而是从别人眼中看到的父亲正直崇高的形象。

八十九岁，父亲去开白内障，打了麻药还没有推入手术室，我找些话跟他说，免得他太快睡着。

“爸爸，杜甫，你知道吗？”

“知道。”

“杜甫的诗你知道吗？”

“杜甫的诗那么多，你说哪一首啊？”

“我说《兵车行》，‘车辚辚’下面是什么？”

“马萧萧。”

“再下面呢？”

“行人弓箭各在腰。爷娘妻子走相送，尘埃不见咸阳桥。牵衣顿足拦道哭，哭声直上干云霄……”

我的泪直滚滚地落下来，不知为什么，透过一千多年前的语言，我们反而狭路相遇。

人间的悲伤，无非是生离和死别，战争是生离和死别的原因，但衰老也是啊！父亲垂老，两目视茫茫，然而，他仍记得那首哀伤的唐诗。父亲一生参与了不少战争，而与衰老的战争却是最最艰辛难支的战争吧？

我开始和父亲平起平坐地谈诗，是在初中阶段。父亲一时显得惊喜万分，对于女儿大到可以跟他谈诗的事几乎不能置信。在那段清贫的日子里，谈诗是有实质好处的，母亲每在此时会烙一张面糊饼，切一碟卤豆干，有时甚至还有一瓶黑松汽水。我一面吃喝，一面纵论，也只有父亲容得下我当时的胡言吧？

父亲对诗，也不算有什么深入研究，他只是熟读《唐诗三百首》而已。我小时常见他看的那本，扉页已经泛黄，上面还有他手批的文字。成年后，我忍不住偷来藏着，那是他民国三十年六月在浙江金华买的，封面用牛皮纸包好。有一天，我忽然想换掉那老旧的包书纸，不料打开一看，才发现原来这张牛皮纸是一个公文袋，那公文袋是从国防部寄出的，寄给联勤总部副官处处长，那是父亲在南京时的官职，算来是民国三十五六年的事了。前人惜物的真情比如今任何环保宣言都更实在。父亲走后，我在那层牛皮纸外又包了一层白纸，我只能在千古诗情里去寻觅我遍寻不获的父亲。

父亲去时是清晨五时半，终于，所有的管子都被拔掉了，九十四岁，父亲的脸重归安谧祥和。我把加护病房的窗帘拉开，初日正从灰红的朝霞中腾起，穆穆皇皇，无限庄严。

我有一袋贝壳，是以前旅游时陆续捡的。有一天整理东西，忽然想到它们原是属于海洋的，它们已经暂时陪我一段时光了，一切尘缘总有个了结，于是决定把它们一一放回大海。

而我的父亲呢？父亲也被归回到什么地方去了吗？那曾经剑眉星目的英飒男子，如今安在？我所挽留不住的，只能任由永恒取回。而我，我是那因为一度拥有贝壳而聆听了整个海潮音的小孩。

不识

两个人坐着谈话，其中一个是高僧，另一个是皇帝，皇帝说："你识得我是谁吗？我——就是这个坐在你对面的人。"

"不，不识。"

他其实是认识并了解那皇帝的，但是他却回答说"不识"。也许在他看来，人与人之间其实都是不识的。谁又曾经真正认识过另一个人呢？传记作家也许可以把翔实的资料一一列举，但那人却并不在资料里——没有人是可以用资料来加以还原的。

而就连我们自己，也未必识得自己吧？杜甫，终其一生，都希望做个有所建树救民于水火的好官。对于自己身后可能以文章名世，他反而是不无遗憾的。他似乎从来不知道自己是唐代最优秀的诗人，如果命运之神允许他以诗才来换官位，他会换的。

家人至亲，我们自以为极亲爱极了解的，其实我们所知道的也只是肤表的事件而不是刻骨的感觉。刻骨的感觉不能重现，它随风而逝，连事件的主人也不能再拾。

而我们面对面却瞠目不相识的，恐怕是生命本身吧？我们活着，却不知道何谓生命？更不知道何谓死亡？

父亲的追思会上，我问弟弟，“追述生平，就由你来吧？你是儿子。”

弟弟沉吟了一下，说：“我可以，不过我觉得你知道的事情更多些，有些事情，我们小的没赶上。”

然而，我真的知道父亲吗？

五指山上，朔风野大，阳光辉丽，草坪四尺下，便是父亲埋骨的所在。我站在那里一面看山下的红尘深处密如蚁垤的楼宇，一面问自己：

“这墓穴中的身体是谁呢？”虽然隔着棺木隔着水泥，我看不见，但我也知道那是一副溃烂的肉躯。怎么可以这样呢？一个至亲至爱的父亲怎么可以一霎时化为一堆陌生的腐肉呢？

也许从宗教意义言，肉体只是暂时居住的房子，屋主终有搬迁之日。然而，与原屋之间总该有个徘徊顾却之意吧？造物主怎可以如此绝情，让肉体接受那化作粪壤的宿命？

我该承认这一抔黄土中的腐肉为父亲呢？或是那优游于濛鸿中的才是呢？我曾认识过死亡吗？我曾认识过父亲吗？我愕然不知怎么回答。

“小的时候，家里穷，除了过年，平时都没有肉吃。如果有客人来，就去熟肉铺子切一点肉，偶然有个挑担子卖花生米小鱼的人经过，我们小孩子就跟着那人走。没得吃，看看也是好的。我们就这样跟着跟着，一直走，都走到隔壁庄子去了，就是舍不得回头。”

那是我所知道的，他最早的童年故事。我有时忍不住，想掏把钱塞给那九十年前的馋嘴小男孩。想买一把花生米小鱼填填他的嘴，并且叫他不要再跟着小贩走，应该赶快回家去了……

我问我自己，你真的了解那小男孩吗？还是你只不过在听故事？

如果你不曾穷过饿过，那小男孩巴巴的眼神你又怎么读得懂呢？

我想，我并不明白那贫穷的小孩，那傻乎乎地跟着小贩走的小男孩。

读完徐州城里的第七师范的附小，他打算读第七师范，家人带他去见一位堂叔，目的是借钱。

堂叔站起身来，从一把旧铜壶里掏出二十一块银元，那只壶从梁柱上直掉下来，算是家中的保险柜吧？

读师范不用钱，但制服棉被杂物却都要钱，堂叔的那二十一块钱改变了父亲的一生。

很想追上前去看一看那目光炯炯的少年，渴于知识渴于上进的少年。我很想看一看那堂叔看着他的爱怜的眼色。他必是族人中最聪明俊发的孩子，堂叔才慨然答应借钱的吧！听说小学时代，他每天上学都不从市内走路，嫌人车杂沓，他宁可绕着古城周围的城墙走，城墙上人少，他一面走，一面大声背书。那意气飞扬的男孩，天下好像没有可以难倒他的事。他走着、跑着，自觉古人的智慧因背诵而尽入胸中，一个志得意满的优秀小学生。

然而，我真认识那孩子吗？那个捧着二十一块银元来向这个世界打天下的孩子。我平生读书不过只求随缘尽兴而已，我大概不能懂得那一心苦读求上进的人，那孩子，我不能算是深识他。

“台湾出的东西，有些我们老家有，像桃子。有些我们老家没有，像木瓜番石榴。”父亲说，“没有的，就不去讲它，凡是有的，我们老家的就一定比台湾好。”

我有点反感，他为什么一定要坚持老家的东西比这里好呢？他离开老家都已经这么多年了，为什么还坚持老家的最好？

“譬如说这香椿吧？”他指着院子里的香椿树，台湾的，“长这么细细小小一株。在我们老家，那可是和榕树一样的大树咧！而且台湾是热带，一年到头都能长新芽，那芽也就不嫩了。在我们老家，只有春天才冒得出新芽来，所以那个冒法，你就不知道了。忽然一下，所有的嫩芽全冒出来了，又厚又多汁，大人小孩全来采呀，采下来用盐一揉，放在格架上晾，一面晾，那架子上腌出来的卤汁就呼噜——呼噜——的一直流，下面就用盆接着，那卤汁下起面来，那个香呀——”

我吃过韩国进口的盐腌香椿芽，从它的形貌看来，揣想它未腌之前一定也极肥厚，故乡的香椿芽想来也是如此。但父亲形容香椿在腌制的过程中竟会“呼噜——呼噜——”流汁，我被他言语中的状声词所惊动，那香椿树竟在我心里成为一座地标，我每次都循着那株椿树去寻找父亲的故乡。

但我真的明白那棵树吗？我真的明白在半个世纪之后，坐在阳光璀璨的屏东城里，向我娓娓谈起的那棵树吗？

父亲晚年，我推轮椅带他上南京中山陵，只因他曾跟我说过：“总理下葬的时候，我是军校学生，上面在我们中间选了些人去抬棺材。我被选上了，事先还得预习呢！预习的时候棺材里都装些石头……”

他对总理一心崇敬——这一点，恐怕我也无法十分了然。我当然也同意孙中山是可佩服的，但恐怕未必那么百分之百心悦诚服。“我们那时候的学生总觉得共产党比较时髦，我原来也想做共产党……”

能有一人令你死心塌地，生死追随，不作他想，父亲应该是幸福的。——而这种幸福，我并不能体会。

父亲说，他真正的兴趣在生物，我听了十分错愕。我还一直以为是军事学呢！抗战前后，他加入了一个国际植物学会，不时向会里提供全国各地植物的资讯，我对他惊人的耐心感到不解。由于职业的关系，他跑遍大江南北，他将各地的萝卜、茄子、芹菜、白菜长得不一样的情况一一汇集报告给学会。在那个时代，我想那学会接到这位中国会员热心的讯息，也多少要吃一惊吧？

啊，他究竟是怎样的一个人呢？我对他万分好奇，如果他晚生五十年，如果他生而为我的弟弟，我是多么愿意好好培植他成为一个植物学家啊！在那一身草绿色的军服下面，他其实有着一颗生物学者的心。我小时候，他教导我的，几乎全是生物知识，我至今看到螳螂的卵仍十分惊动，那是我幼年行经田野时父亲教我辨认的。

每次他和我谈生物的时候，我都惊讶，仿佛我本来另有一个父亲，却未得成长践形。父亲也为此抱憾吗？或者他已认了？

而我不知道。

年轻时的父亲，有一次去打猎，一枪射出，一只小鸟应声而落，他捡起小鸟一看，小鸟已肚破肠流，他手里提着那温热的肉体，看着那腹腔之内一一俱全的五脏；忽然决定终其一生不再射猎。

父亲在同事间并不是一个好相处的人，听母亲说有人给他起个外号叫“杠子手”，意思是耿直不圆转，他听了也不气，只笑笑说“山难改，性难移”。他是很以自己的方正棱然自豪的，从来不屑于改正。然而这个清晨，在树林里，对一只小鸟，他却生慈柔之心，誓言从此不射猎。

父亲的性格如铁如砧，却也如风如水——我何尝真正了解过他？

《红楼梦》第一百二十回，贾政眼看着光头赤脚身披红斗篷的宝玉向他拜了四拜，转身而去，消失在茫茫雪原里，说：“竟哄了老太太十九年，如今叫我才明白……”

贾府上下数百人，谁又曾明白宝玉呢？家人之间，亦未必真能互相解读吧？

我于我父亲，想来也是如此无知无识。他的悲喜、他的起落、他的得意与哀伤、他的憾恨与自足，我哪里都能一一探知、一一感同身受呢？

蒲公英的散蓬能叙述花托吗？不，它只知道自己在一阵风后身不由已地和花托相失相散了，它只记得叶嫩花初之际，被轻轻托住的安全的感觉。它只知道，后来，就一切都散了，胜利的也许是生命本身，草原上的某处，会有新的蒲公英冒出来。

我终于明白，我还是不能明白父亲。至亲如父女，也只能如此。世间没有谁识得谁，正如那位高僧说的。

我觉得痛，却亦转觉释然，为我本来就无能认识的生命，为我本来就无能认识的死亡，以及不曾真正认识的父亲。原来没有谁可以彻骨认识谁，原来，我也只是如此无知无识。

我家独制的太阳水

六月盛夏，我去高雄演讲。一树一树阿勃拉的艳黄花串如同中了点金术，令城市灿碧生辉。

讲完了，我再南下，去看我远居在屏东的双亲。母亲八十、父亲九十一，照中国人的说法是九十二。何况他的生日是正月初七，真的是每年都活得足足的，很够本。我对他的年龄充满敬意。在我看来，他长寿，完全是因为他十分收敛地在用他的“生命配额”的缘故。

依照中国民间流传的说法，一个人一生的“福禄资源”是有其定量的。你如果浪费成性，把该吃的米粮提早吃完，司掌生死簿的那一位，也就只好开除你的“人籍”了。

我的父亲不然，他喝酒，以一小杯为度。他吃饭，食不厌粗。一件草绿色的军背心，他可以穿到破了补，补了又加补的程度。“治装费”对他来说是个离奇不可思议的字眼。事实上他离开军旅生涯已经四十年了，那些衣服仍穿不完地穿着，真穿成烂布的时候，他又央求妈妈扯成抹布来用。

我算是个有环保概念的人，但和父亲一比，就十分惭愧。我的概念全是“学而知之”，是思考以后的道德决定。我其实喜欢冷气，喜欢发光的进口石材铺成的地面，喜欢华贵的地毯和兽皮，喜欢红艳的葡萄酒盛在高脚水晶杯里……我之选择简朴是因为逃避，逃避不该有的堕落与奢华。但父亲，出生于农家的父亲，他天生就环保，他是“生而知之”的环保人士。

回到家里，晒衣绳上到处都有父亲三四十年来手制的衣架。衣架制法简单，找根一二公分宽的竹条，裁做三四十公分长的竹段，中间打一个小洞，穿过铁丝，铁丝扭作“S”形，就可以挂衣服了。

父亲的藏书也离奇，他不买精装书，只买平装书。他认为国人的精装书多半是“假精装”，只是把硬纸黏贴在书外面而已（后来，有出版界的朋友告诉我，的确如此）。勤看书的人只消一个礼拜就可以让它皮肉分家。父亲的书，他真看（不像我，我早年见书就买，买了就乱堆，至于看不看，那又是另外一件事）。他保护书的方法是把书一买来就加道装订手续。他用线装书的方法，每本书都钻四五个孔，再用细线缝过。他的办法也的确有用，三十年后，竟没有一本书脱线掉页的。

我偷了父亲一本《唐诗三百首》，放在我自己的书架上。其实这本书我已经有好几个不同的版本了，何必又去偷父亲的？只因那本书父亲买了五十年，他用一张牛皮纸包好，我打开来一看，原来那是一个拆开的大信封的反面，大信封的正面看得出来写的是在南京的地址，那时候，父亲是联勤总部的一个副处长。老一辈的人惜物至此，令我觉得那张黄旧的包书纸比书里的三百首诗还有意思。

夏天，父亲另有一项劳己利人的活动。他拿六七只大铝壶接满水，放在院子里晒。到下午，等小孩放学以后，那便是我家独制的“太阳水”，可以用来洗澡。至于那些大壶也不是花钱另买的，而是历年囤积的破壶。那年代没有不锈钢壶，只有铝壶，南部水硬，壶底常结碱，壶的损坏率很高。壶漏了，粘补一下，煮水不行，晒水倒可以。可惜父亲三年前跌了一跤，太阳水就没人负责制造了，我多么怀念那温暖如血液般的太阳水，如果有人告诉我洗了太阳水包治百病，我也是相信的啊！

父亲年轻时念师范，以后从军，军校六期毕业，也曾短期赴美，退役的时候是步兵学校副校长，官阶是陆军少将，总算也是个人物了。但他真正令我佩服的全然不是那些头衔，而是他和物质之间那种简单素朴的疼惜珍重。

我把他的高统马靴偷带回台北。马靴，是父亲五十年前骑马时用的。那马靴早已经僵硬脆裂，不堪穿用了。但我要留着它，我要学会珍惜父亲的珍惜。

同巷人

巷子口住个老人，也许不怎么老，弄不清楚。二十多年前我初来的时候他就是那张脸，现在好像也没有添风加霜。但二十多年前我为什么就认定他老呢？大概因为他长着两道又长又白的眉毛吧？也许也不是，也许是因为那时候我才二十几岁，只要看到四十岁的人，全都“一视同仁”，归为老类。

我跟他从来也没打过招呼，倒是起过一场小冲突。那天我停车，停在他家墙外，他出来干涉。下面便是我们的对话实录：

“你不可以停这里。”

“为什么？”

“因为我们家有车要来。”

“你认为这个位子是你家的吗？”

“不是。”

“不是你的，为什么不准我停呢？”

“你停这里，那我家的车要停哪里？”

“可是，这是你家的停车位吗？”

“不是。”

“不是你的，为什么我不可以停？”

“你停这里，那我家的车要停哪里？”

这番对话反反复复说了大约七八次，我简直恐慌起来，唐代诗人形容爱情，曾写下这样缠绵悱恻的句子：

“天长地久有时尽，此恨绵绵无绝期。”

其实，那是胡说，天地都没有了，人也化烟化尘了，“恨”，哪里还能找得到它依附着身的所在呢？

其实说起来，数学才比较可怕，因为数学是“真理中的真理”。就算太阳熄了、月亮老了、银河干了，1+1=2 的道理是不能改的。而且，227 也是永远除不完的，循环小数的可怕可畏便在这里。真的，“天长地久有时尽，此‘数’绵绵无绝期”。我跟那老人的对话，其可怕之处便在于是个生生不息的循环小数，可以永世永劫、地老天荒地演绎下去。

其实，我当时完全知道该怎么做，我应该悍然把车停妥，然后砰一声关上门，斩钉截铁地对他说：

“你家的车要停到哪里？我管你去死！你大爷自家有停车位，你就去神气！你没停车位，你就大街小巷慢慢找去吧，关我何事？这位子先到先停，我停定了！”

无奈我可恨的教养又使我嗫嗫嚅嚅不能出口骂一个老人，想好好沟通又立刻陷入对方可怕的逻辑里。算了，我认栽，我走，我不是怕他，我怕循环小数，我怕地老天荒。

这事就这样过去了，岁月悠悠，一年后；我看到他家门口贴出“严制”的白纸条。谁死了？大概就是他吧？而人死了，门口不免搭起棚子，吹吹打打，于是巷头巷尾又被丧家拦起，车子又不能停了。

我终于明白，都市邻居，二三十年混下来，其实也只讲得上一两次话罢了。而这所谓的一两次，居然还包括争吵。

好在一年前的那一次，我没有跟他扯破脸，人生苦短，宇宙浩渺，“让他一车位又何妨”。也许那天他远方的儿子或女儿来看他，他才紧张兮兮地预留车位吧。

绕过丧棚，我把车子停到隔壁巷子去。法事正锣鼓喧天，师公踢翻小火炉，只见满地红炭乱滚，在夜色中闪着诡异的微光。炉上炖着的药罐子也当啷一声，砸得粉碎。据说，如此便意味着和药罐终于告别了，从此得大自在之躯。

天色愈来愈黑，冥纸轰然的焰光中，不知怎的，那张写着“严制”两字的白纸，竟微微泛起柔和的浅红色来，仿佛在办一场喜丧。

巷子里的老妈妈

巷子里有个妇人，一手推着一篮菜，一手提着个大袋子，正在东张西望。看到我，她讷讷地开了口：

“请问，你，是住在这条巷子里的人吗？”

“是的。”

“我是刚搬来的，我听人说这巷子里有个箱子可以丢旧衣服，你知道在哪里吗？”

“哦，本来是有一个，但最近不知什么时候给拆走了，听说是违章……”

“哎呀，”她叹了口长气，“真是糟糕，我的小孙子长得快，这一大包都是他们穿不下的衣服，可是叫我当垃圾丢，我是丢不下手的呀！我们这种年纪的人是丢不来衣服的，都还是新新的嘛！可是要搬回去，我家又住四楼，我又买了一篮子菜……”

“这样吧，你把衣服放在我车上，我这两天要去内湖，内湖有个收衣站。我来替你丢。”

“啊！这就好了，”她的表情如获大赦，“太好了，没想到遇见贵人了。我的问题可以解决了。”

在她口中我变成了“贵人”，不过顺便帮她丢丢旧衣服，居然也可以做人家的“贵人”。但是转而一想，她说得也许很对，世上高官厚禄的贵显之人虽然很多，但刚好肯替她去丢衣服的人也许真的只有我一个。

那妇人大约是六十出头的年纪，穿件朴素的灰色衣裳。面容白皙洁净，语音柔和迟缓。看得出来家道不错，平生也不像吃过大苦，但她却显然属于深懂“惜物”之情的一代。

我想起我家的情况来了：

女儿每次和同学郊游回来，总带着烤肉用剩的酱油、色拉油、面包……啰啰唆唆一大堆。

我问她为什么要拿这些东西，她嗔道：

“都是你害的啦！从小叫我们不要丢东西，而我们同学都说丢掉丢掉。我如果不拿，他们就真的去丢掉。我不得已，只好拿回来。不然，难道眼睁睁看他们丢？”

我想，我实在是害她活得比别人辛苦些，但我们反正已属于“不丢族”，就认命吧！偶然碰到其他的“不丢族”，我总尽力表达敬意。像今天能碰到这位老妇人，或者说今天能被这老妇人碰到，真是很幸运的事，值得好好为她提供额外服务。

我甚至想，台湾之所以还没有坏到极致，全是像老妇人这种人物在撑着，她们不开车，不喝可乐或铝箔包装的果汁，她们绝不会把衣服只穿一季就丢掉，搞不好她们身上的那一件已经穿了十年，而她却从来不觉得有汰旧的必要。

是她，坚持不倒剩菜。是她，把旧汗衫改成抹布。是她，把茶叶渣变成肥料。是她，把长孙的衣服改一改又给了次孙。

这些老妈妈真的是社会之宝，虽然从来没有人给她们颁过一个奖。但我们真的不能少掉她们，她们是我们福泽的种子，我们大部分的官员如果撤换也不算什么，但这批老妈妈是不能撤换的，她们是乱象中的安定，是浮华中的朴实，是飞驰中的回顾，是夸饰中的真诚，我向老妈妈致敬。

二陈集上新搬来的那一家

二陈集是个小地方，位在徐州城的东南方。

一百多年前，有个汉子，从一个名叫“小张庄”的地方出发（当然，顾名思义，那汉子姓张），到了二陈集。这个庄和那个集之间大约有两三小时的脚程。他到二陈集是为了移民。

二陈集的人多半姓陈，这件事好像毋庸置疑。但他们不属于同支系的，所以就叫“二陈集”。

但这姓张的汉子住在姓陈的人中似乎也还自得，过了几年，买了几亩薄田，娶了妻，也竟安家落户起来。这人在二陈集上是个异类，由于他新来，且姓张。他叫绍棠，这人，是我的曾祖父。

他在二陈集的第二代不知怎么回事，竟送去徐州城里念了书，以后便为人“馆蒙”。这事说得不好听，是“靠教小鬼头糊口”；说得好听，叫“耕读传家”。我在一本老字帖上看过他的名字，写作张土登。一副想要读书登科的样子，不幸科举竟废了。

这二陈集，据我如今年已九十的父亲说，是个自给自足的村子。“如果有人用军队把村子围了，”父亲说，“那是一点也吓不到我们的，他爱围多久就围多久，我们什么都不缺。”

的确呀，如果有粮食有蔬菜可以吃，有土布可以穿，有姑娘有小子可以彼此嫁娶，人家爱围城就由他去围吧！想到这里，我不免愣了一下，这光景，岂不就是闭关自守的中国？

我的一位姑姑曾说过一句名言，后来变成了家族笑话，她说："你们都讲'外面'大，'外面'大，'外面'到底有多大呀？难道比我们的南湖还大吗？"

"湖"在我们家乡的语言里指的是一大块平坦的农地。如果收了庄稼，也兼作孩子的游乐场。当年的姑姑认为世界再大，也不该比那块舒坦平旷的"湖"为大。

姑姑真是幸福的人，她一生只有两个地方：未嫁之前，就是二陈集。嫁了，也只有一个名叫褚兰的夫家村名。

乡下人结婚早，很快的，张家在这叫"二陈集"的地方已有了第四代了，可是，有件事，爸爸一提起来就错愕愤恨。

原来，二陈集地方的人形容我们家有一句奇怪的说辞：

"啊，他们——你是说'新搬来的那一家'。"

张家在那里住了一百多年了，奇怪的是仍然给看作"新搬来的那一家"。

这种事，你又能上哪里去打官司呢？"新移民"就是"新移民"，这称呼你也只能由他们叫到他们放弃为止。

许多年后，我忽然发现自己在这岛上也被某些人看成"新搬来的那一家"。如果这家伙是七老八十的老人家倒也罢了，如果此人是二三十岁的少年我就不免要动气了：

"喂，搞清楚，是你先来的还是我先来的，一九四九年七月份开始，我的脚就站在这块土地上了，那时候你在哪里？你才是新投胎新搬来的哩！"

如果和一个人结婚二三十年就有金婚和银婚的名堂，可以庆祝。和一块土地一起生活了四五十年的人也应该取得一张金卡身份证做奖品才对！

我的父亲不喜欢被叫作“二陈集上新搬来的那一家”，我也不要被叫作“台湾岛上新搬来的那一户”。

土地是永恒的客栈，我们人类只是或久或暂时的过客。他是前天来投宿的，我是昨天开始住店的，你则是今天才来的，这又有什么差别，重要的是，我们既然有缘共度，理应一起来营造这客栈中的温馨时光才对啊！

鼻子底下就是路

走下地下铁，只见中环车站人潮汹涌，是名副其实的“潮”，一波复一波，一涛叠一涛。在世界各大城的地下铁里香港因为开始得晚，反而后来居上，做得非常壮观利落。但车站也的确大，搞不好明明要走出去的却偏偏会走回来。

我站住，盘算一番，要去找个人来问话。虽然满车站都是人，但我问路自有精挑细选的原则：

第一、此人必须慈眉善目，犯不上问路问上凶神恶煞。

第二、此人走路速度必须不徐不急，走得太快的人你一句话没说完，他已窜到十公尺外去了，问了等于白问。

第三、如果能碰到一对夫妇或情侣最好，一方面“一箭双雕”，两个人里面至少总有一个会知道你要问的路，另一方面大城市里的孤身女子甚至孤身男子都相当自危，陌生人上来搭话，难免让人害怕，一对人就自然而然的胆子大多了。

第四、偶然能向慧黠自信的女孩问上话也不错，她们偶或一时兴起，也会陪我走上一段路的。

第五、站在路边作等人状的年轻人千万别去问，他们的一颗心早因为对方的迟到急得沸腾起来，哪里有情绪理你，他和你说话之际，一分神说不定就和对方错过了，那怎么可以！

今天运气不错，那两个边说边笑的、衣着清爽的年轻女孩看起来就很理想，我于是赶上前去，问：

“母该垒，（即对不起之意）‘德铺道中’顶航（是“怎行走”的意思）？”我用的是新学的广东话。

“啊，果边航（这边行）就得了（就可以了）！”

两人还把我送到正确的出口处，指了方向，甚至还问我是不是台湾来的，才道了再见。

其实，我皮包里是有一份地图的，但我喜欢问路，地图太现代感了我不习惯，我仍然喜欢旧小说里的行路人，跨马走到三岔路口，跳下马唱声偌，对路边下棋的老者问道：

“老伯，此去柳家庄悦来客栈打哪里走？约莫还有多远脚程？”

老者抬头，骑者一脸英气逼人，老者为他指了路，无限可能的情节在读者面前展开……我爱的是这种问路，问路几乎是我的碰到机会就要发作的怪癖，原因很简单，我喜欢问路。

至于我为什么喜欢问路，则和外婆有很大的关系。外婆不识字，且又早逝，我对她的记忆多半是片段的，例如她喜欢自己捻棉成线，工具是一只筷子和一枚制线，但她令我最心折的一点却是从母亲听来的：

“小时候，你外婆常支使我们去跑腿，叫我们到××路去办事，我从小胆小，就说：‘妈妈，那条路在哪里？我不会走啊！’你外婆脾气坏，立刻骂起来，‘不认路，不认路，你真没用，路——鼻子底下就是路。’我听不懂，说：‘妈妈，鼻子底下哪有路呀？’后来才明白，原来你外婆是说鼻子底下就是嘴，有嘴就能问路！”

我从那一刹立刻迷上我的外婆，包括她的漂亮，她的不识字的智慧，她把长工短工田产地产管得井井有条的精力以及她蛮横的坏脾气。

由于外婆的一句话，我总是告诉自己，何必去走冤枉路呢？宁可一路走一路问，宁可在别人的恩惠和善意中立身，宁可像赖皮的小幺儿去仰仗哥哥姐姐的威风。渐渐地才发现能去问路也是一项权利，是立志不做圣贤不做先知的人的最幸福的权利。

每次，我所问到的，岂止是一条路的方向，难道不也是冷漠的都市人的一颗犹温的心吗？而另一方面，我不自量力，叩前贤以求大音，所要问的，不也是可渡的津口可行的阡陌吗？

每一次，我在陌生的城里问路，每一次我接受陌生人的指点和微笑，我都会想起外婆，谁也不是一出世就藏有一张地图的人，天涯的道路也无非边走边问，一路问出来的啊！

只要让我看到一双诚恳无欺的眼睛

春天，西湖，花开满园。

整个宾馆是个小沙嘴，伸入湖中。我的窗子虚悬在水波上，小水鸭在远近悠游。

清晨六时，我们走出门来，等一个约好的人。那人是个船夫——其实也不是船夫，应该说他的妻子是个船妇。而他，出于体贴吧！也就常帮着划船。既然长在西湖边上，好像人人天生都该是划船高手似的。

昨天，我们包了他的船一整天。中午去“楼外楼”一起吃清炒虾仁和叫花鸡，请他们夫妇同座同席。他听说我们想去苏州，便极力保证他可以替我们去买船票，晚上上船，第二天清早就到苏州。他说他有关系，绝对可以买到票。

不知为什么，我就是不能拒绝他。其实，由于有台胞身份，旅馆是可以代我们买票的。可是他那么热心，不托他买，倒仿佛很见外似的。

说好了，清晨六时他就把票送过来。

西湖之美，明朝人袁中郎早就说过了，一定要在凌晨或月夜，游客的数目常是美景的杀手。一旦过了清晨九点，西湖只不过是个背景不错的人口市场罢了。我们原打算接了票立刻趁人少骑脚踏车去逛苏堤、白堤、六和塔……西湖于我，是个熟得不能再熟的地方——虽然一次也没来过。但那“断桥残雪”、那“南屏晚钟”、那“曲院风荷”，一一都伴我长大，在书本的扉页里……

但现在六点了，那船夫却没有来，我们哪里都不能去。

小鸟在青眼未舒的柳树梢头啁啾——那船夫，还不来。

芍药开了，很香。广玉兰白中带紫，旋满一树——那船夫，怎么还不来？

六点半了。

春日的枫树红中带润，同样是红，但跟深秋的霜叶却全然不同。唉，六点半了。

木本的海棠花饱满妖艳，美得让自己都有点不胜负荷了。七点了，都七点了。

我焦躁起来，和丈夫互相问了我们万分不想问的问题，“他，会不会拿了我们买船票的钱，就消失了。”

不会吧？我们再等等。钱，其实也不多，合美金大概不到五十元。悲伤的是，我们会不会因此变成可笑的、易于上当的傻瓜？

他是我的同胞，而西湖又这么美，此刻又是乾坤清朗庄重的春日清晨，我不该起疑心。可是，七点十分了，听说船夫的父母是基督徒，可是，那又保证什么？绝美的春晨正一寸寸消失，我怎么办？我像个白痴似的站在宾馆门口，等一个可能永远不会出现的人。

七点十五。

“他来了！他来了！”我叫。丈夫跑出来，我们在门口迎上他。他说，今早因为借不到脚踏车，所以便一直去借，借到现在。

我对他千恩万谢，他可能以为我谢他是因他代为买票的辛苦。他不知道，我真正感谢的是，他终于出现了，他帮助我免于做一个可鄙的怀疑论者。

那天早上，我们未能把向往已久的风景点一一看完，但幸运的是，我看到了一张可信赖的脸。人活着，总会碰到人，碰到人，就可能受骗。但只要让我看到一双诚恳无欺的眼睛，我就可以甘心受人千次诳欺。

毕竟，那是一个美丽的春晨。

乌鲁木齐女孩

距离乌鲁木齐市大约一个半小时车程的地方，有个牧场，名叫南山。南山，这名字充满汉人意味，牧民却是哈萨克人。这地方青峰插天，溪涧淙淙，地上仿若铺了一层柔和的绿色羊皮。

然而，它却是个为观光客设计的地方，节目假假的，“姑娘追”一点也不好看，姑娘挥鞭打人的动作完全有名无实。我受不了，为了礼貌，只好坐在原地抬头看白云，多像欧洲啊！这奇异的蓝天。蓝天从来不假，不把自己当一条观光项目。

我们住进一间蒙古包，那包竟是水泥制的，里面有床——这些，也是假假的。

我们去央一个妇人为我们煮些奶茶，还好，那奶茶，却有几分真意。

夜深、群星如沸，闹腾不止，那星，扎扎实实，是真的。

天亮了，我们去骑马，马是驯马，路也是柏油路，但山风是真的，阳光、树影、野水，都一一是真的。行至瀑布，返辔而回，春风得意马蹄疾，人生快意之事也只能如此而已吧？

跨下马来就准备要走了，路旁却瑟缩着一个小女孩正在跟我们同队的君儿聊天。大约八九岁吧！看得出来将来会是个美人。原来她是汉人，家住乌鲁木齐。在新疆，除了乌鲁木齐市市区，汉人都算“少数民族”。她现在正放着暑假，父亲来牧场做木工，她便跟来了。父亲一早上工去，便锁上屋子（奇怪，我想不出他有什么怕偷的东西），而小女孩不会说哈萨克话，不能跟当地小孩玩在一起，只好呆呆坐在树下。

“你喜欢骑马吗？”我加入谈话，陪她坐在树下。

“喜欢，可是我爸爸不让我骑！”

“啊！他怕你摔。”我说。

“不是的，他说十块钱太贵了。”

“去骑，去骑，我请客，你去玩嘛！”

“不要，”她十分懂事，“这十块钱，照我看，还不如买碗饭吃好呢！”

我一下惭愧万分，竟不敢再说什么，这么小的孩子，竟这么乖巧，简直叫人心疼。

阳光升得更高，美丽的观光牧场仍然美得近乎做作，唯这女孩是如此真实，那样安静自约的垂睫，那样认分知足的黑眸——我不知为什么想起汉墓中的妇人俑，那俑一般叫“长袍女俑”，高五十八公分，长安出土，她什么动作也没有，只是站着，只是收敛着，只是无求。她那样卑微，但因为不想祈求什么，所以也自有她的尊严。奇怪，这小小的女孩为什么有两千年前那妇人一般的详柔无怨？

而令我自己讶异的是我在那汉代妇人俑身上所没有能完全看懂的表情，如今借一个小女孩的脸全懂了。

“你们可以叫我娟儿。”她说。

我想她一定喜欢上美丽活蹦的君儿了，她的名字里刚好也有个“娟”字，她就自动地换一下，叫起自己“娟儿”来了。听起来，像君儿的妹妹。

分手的时候，居然彼此眼里都雾着一片泪光。

“你欠我一个故事！”

1

那个人，我不知道他的名字，却和他打过两次照面——也许是两次半吧！

大约是一九九一年，我因事去北京开会。临行有个好心又好事的朋友，给了我一个地址，要我去看一位奇医，我一时也想不出自己有什么大病，就随手塞在行囊里。

在北京开会之余，发现某个清晨可以挤出两小时空档，我就真的按着地址去张望一下。那地方是个小陋巷，奇怪的是一大早八点钟离医生开诊还有一小时，门口已排了十几个病人，而那些病人又毫无例外的全是台胞。

他们各自拎个热水瓶，问他们干吗？他们说医生会给他们药。又问他们诊疗费怎么算，他们说随便包，不过他们都会给上千元台币。

其中有个清啜寡欢的老兵站在一旁，我为什么说他是老兵？大概因为他脸上的某种烽烟战尘之后的沧桑。

“你是从台湾过来的吗？”

“是的。”

“台湾哪里？”

“屏东。”

“呀！”我差点跳起来，“我娘家也住屏东，你住屏东哪里？”

“靠机场。”

“哎呀！”我又忍不住叫了一声，“我娘家就在胜利路呢！那，你府上哪里？”

“江苏徐州。”

其实最后那个问题问得有点多余，我几乎早已知道答案了，因为他的口音和我父亲几乎是一模一样的。

“生什么病呢？”

“肺里长东西。”

“吃这医生的药有效吗？”

“好像是好些了，谁知道呢？”

由于是初次见面，不好深谈人家的病，但又因为是同乡兼邻居，也有份不忍遽去之情。于是没话说，只淡淡地对站着。不料他忽然说：

“我生病，我谁都没说，我小孩在美国读书，我也不让他们知道，知道了又有什么用？还不是白操心。他们念书，各人忙各人的，我谁也不说，我就自己来治病了。”

“哎呀！这样也不太好吧？你什么都自己担着，也该让小孩知道一下啊！”

“小孩有小孩的事，就别去让他们操心了——你害什么病？”

“我？唉，我没什么病，只听人说这里有位名医，也来望望。啊哟，果真门庭若市，我还有事，这就要走了。”

我走了，他的脸在忙碌的日程里渐渐给淡忘了。

2

一九九三年，我带着父亲回乡探亲，由于父亲年迈，旅途除了我和母亲之外，还请了一位护士J小姐同行。

等把这奇异的返乡仪式完成，我们四人坐在南京机场等飞机返台。在大陆，无论吃饭赶车，都像在抢什么似的心慌。此刻，因为机场报到必须提早两小时，手续办完倒可神闲气定地坐一下。

我于是和J小姐起身把候机楼逛了一圈。候机楼不大，商场也不太有吸引力，我们走着走着，不知不觉在一位旅客面前停了下来。

J小姐忽然大叫了一声说：

"咦？怎么你也在这里？"

我定睛一看，不禁同时叫了起来：

"咦？又碰到了，我们不是在北京见过面吗？你吃那位医生的药后来效果如何？病都好了一点吗？"

"唉，别提了，别提了，愈吃愈坏了，病也耽误了，全是骗钱的！"

J小姐说，他们是邻居，在屏东。

聊了一阵，等上飞机我跟J小姐说：

"他这人也真了不起呢？病了，还事事自己打点，都不告诉他小孩！"

"啊呀！你乱说些什么呀？"J小姐瞪了我一眼，"他哪有什么小孩？他住我家隔壁，一个老兵，一个孤老头子，连老婆都没有，哪来小孩？"

我吓了一跳，立刻噤声，因为再多说一句，就立刻会把这老兵在邻里中变成一个可鄙的笑话。

3

白云勤拭着飞机的窗口。

唉，事隔二年，我经由这偶然的机缘知道了真相，原来那一天，他跟我说的全是谎言。

但他为什么要骗我呢？他骗我，也并没有任何好处可得啊！

想着想着我的泪夺眶而出：因为我忽然明白了，在北京那个清晨，那人跟我说的情节其实不是“谎言”，而是“梦”。

在一个遥远的城市，跟一个陌生人对话，不经意的，他说出了他的梦，他的不可能实践的梦；他梦想他结了婚，他梦想他拥有妻子，他梦想他有了儿子，他梦想儿子女儿到美国去留学。

然而，在现实的世界里，他没有钱、没有地位、没有学问、没有婚姻、没有子女，最后，连生命的本身也无权掌握。

他的梦，并不是夸张，本来也并不太难于兑现。但对他而言，却是雾锁云埋，永世不能触及的神话。

不，他不是一个说谎的人，他是一个说梦的人。他的虚构的故事如此真切实在，令我痛彻肝肠。

4

回到台湾之后，我又忙着，但照例过一阵子就去屏东看看垂老的父亲，看到父亲当然也就看到了照顾父亲的J小姐。

“那个老兵，你的邻居，就是我们在南京机场碰到的那一个，现在怎么样了？”

“哎呀，”J小姐一向大嗓门，“死啦！死啦！死了好几天也没人知道，他一个人，都臭了，邻居才发现！”

啊！那个我不知道名字的朋友，我和他打过两次半照面，一次在北京，一次在南京。另外半次，是听到他的死讯。

5

十多年过去了，我忽然发现，我其实才是老兵做梦也想做的那个人。

我儿是建中人，我女是北一女人，他们读完台大后，一个去了加州理工学院，一个去了N.Y.U。然后，他们回来，一个进了中研院，一个进了政大外文系，为人如果能由自己挑选命运，恐怕也不能挑个更好的了。

如果，我是那个陌生老兵在说其“梦中妄语”时所形容的幸运之人，其实我也有我的惶惑不安，我也有我的负疚和深愧。整个台湾的安全和富裕，自在和飞扬，其实不都奠基在当年六十万老兵的牺牲和奉献上吗？然而，我们何以报之？

去岁六月，N.Y.U在草坪上举行毕业典礼，我和丈夫和儿子飞去美国参加，高耸的大树下阳光细碎，飞鸟和松鼠在枝柯间跑来跑去，我们是快乐的毕业生家人。此时此刻，志得意满，唯一令人烦心的事居然是：不知典礼会不会拖得太久，耽误了我们在牛排馆的订位。

然而，虽在极端的幸福中，虽在异国五光十色的街头，我仍能听见风中有冷冷的声音传来：

“你，欠我。”

“我欠你什么？”

“你欠我一个故事！我不会说我的故事，你会说，你该替我说我的故事。”

“我也不会说——那故事没有人会说……”

“可是我已经说给你听了，而且，你明明也听懂了。”

“如果事情被我说得颠三倒四，被我说得词不达意……”

“你说吧！你说吧！你欠我一个故事！”

我含泪点头，我的确欠他一个故事，我的确欠众生一段叙述。

6

然后，我明白，我欠负的还不止那人，我欠山川，我欠岁月。春花的清艳，夏云的奇崛，我从来都没有讲清楚过。山峦的复奥，众水的幻设，我也语焉不详。花东海岸腾跃的鲸豚，崇山峻岭中黥面的织布老妇，世上等待被叙述的情境是多么多啊！

天神啊！世人啊！如果你们宽容我，给我一点时间，一点忍耐，一点期许，一点纵容，我想，我会把我欠下的为众生该作的叙述，在有生之年慢慢地一一道来。

第三辑　种种有情

替古人担忧

同情心，有时是不便轻易给予的，接受的人总觉得一受人同情，地位身份便立见高下，于是一笔赠金、一句宽慰的话，都必须谨慎。但对古人，便无此限，展卷之余，你尽可痛哭，而不必顾到他们的自尊心，人类最高贵的情操得以维持不坠。

千古文人，际遇多苦，但我却独怜蔡邕，书上说他：“少博学，好辞章……妙操音律，又善鼓琴，工书法、闲居玩古，不交当也……”后来又提到他下狱时“乞鲸首刖足，续成汉史，不许。士大夫多矜救之，不能得，遂死狱中”。

身为一个博学的、孤绝的、“不交当也”的艺术家，其自身已经具备那么浓烈的悲剧性，及至在混乱的政局里系狱，连司马迁的幸运也没有了！甚至他自愿刺面斩足，只求完成一部汉史，也竟而被拒，想象中他满腔的悲愤直可震陨满天的星斗。可叹的不是狱中冤死的六尺之躯，是那永不为世见的焕发而饱和的文才！

而尤其可恨的是身后的污蔑，不知为什么，他竟成了民间戏剧中虐待赵五娘的负心郎，陆放翁的诗里曾感慨道：

斜阳古道赵家庄，负鼓盲翁正作场，身后是非谁管得，

满城争唱蔡中郎。

让自己的名字在每一条街上被盲目的江湖艺人侮辱，蔡邕死而有知，又怎能无恨！而每一个翻检历史的人，每读到这个不幸的名字，又怎能不感慨是非的颠倒无常。

李斯，这个跟秦帝国连在一起的名字，似乎也沾染着帝国的辉煌与早亡。

当他年盛时，他曾是一个多么傲视天下的人，他说："诟莫大于卑贱，而悲莫甚于贫困，久处卑贱之位，困苦之地，非世而恶利，自托于无为，此非士之情也！"

他曾多么贪爱那一点点醉人的富贵。

但在多舛的宦途上，他终于付上自己和儿子以为代价，临刑之际，他黯然地对儿李由说："吾欲与若复牵黄犬，俱出上蔡东门，逐狡兔，岂可得乎？"

幸福被彻悟时，总是太晚而不堪温习了！

那时候，他曾想起少年时上蔡的春天，透明而脆薄的春天！异于帝都的春天！他会想起他的老师荀卿，那温和的先知，那为他相秦而气愤不食的预言家，他从他学了"帝王之术"，却始终参不透他的"物禁太盛"的哲学。

牵着狗，带着儿子，一起去逐野兔，每一个农夫所触及的幸福，却是秦相李斯临刑的梦呓。

公元前二〇八年，咸阳市上有被腰斩的父子，高踞过秦相，留传下那么多篇疏壮的刻石文，却不免于那样惨刻的终局！

看剧场中的悲剧是轻易的，我们可以安慰自己"那是假的"，但

读史时便不知该如何安慰自己了。读史者有如屠宰业的经理人，自己虽未动手杀戮，却总是以检点流血为务。

我们只知道花蕊夫人姓徐，她的名字我们完全不晓，太美丽的女子似乎注定了只属于赏识她的人，而不属于自己。

古籍中如此形容她："拜贵妃，别号花蕊夫人，意花不足拟其色，似花蕊轻柔也，又升号慧妃，如其性也。"

花蕊一样的女孩，怎样古典华贵的女孩，由于美丽而被豢养的女孩！

而后来，后蜀亡了，她写下那首有名的亡国诗。

君王城上竖降旗，妾在深宫那得知，十四万人齐解甲，更无一个是男儿。

无一个男儿，这又奈何？孟昶非男儿，十四万的披甲者非男儿，亡国之恨只交给一个美女的泪眼。

交给那柔于花蕊的心灵。

国亡赴宋，相传她曾在葭萌的驿壁上留下半首采桑子，那写过百首宫词的笔，最后却在仓皇的驿站上题半阕小词：

初离蜀道心将碎，离恨绵绵，春日如年，马上时时闻杜鹃……

半阕！南唐后主在城破时，颤抖的腕底也是留下半首词。半阕是人间的至痛。半阕是永劫难补的憾恨！马上闻啼鹃，其悲竟如何？那写不下去的半段比写出的更哀绝。

蜀山蜀水悠然而青，寂寞的驿壁在春风中穆然而立，见证着一个女子行过蜀道时凄于杜鹃鸟的悲鸣。

词中的《何满子》，据说是沧州歌者临刑时欲以自赎的曲子，不获免，只徒然传下那一片哀结的心声。

《乐府杂录》中曾有一段有关这曲子戏剧性的记载：

> 刺史李灵曜置酒，坐容姓骆唱《何满子》，皆称其绝妙，白秀才曰："家有声妓，歌此曲音调。"召至，令歌，发声清越，殆非常音，骆遽问曰："是宫中胡二子否？"妓熟视曰："不问君岂梨园骆供奉邪？"相对泣下，皆明皇时人也。

导地闻旧音，他乡遇故知，岂都是喜剧？白头宫女坐说天宝固然可哀，而梨园散失沦落天涯，宁不可叹？

在伟大之后，渺小是怎样的难忍？在辉煌之后，黯淡是怎样的难受？在被赏识之后，被冷落又是怎样的难耐？何况又加上那凄恻的何满子，白居易所说的"一曲四词歌八叠，从头便是断肠声"的何满子！

千载以下，谁复记忆胡二子和骆供奉的悲哀呢？人们只习惯于去追悼唐明皇和杨贵妃，谁去同情那些陪衬的小人物呢？但类似的悲哀却在每一个时代演出，天宝总是太短，渔阳鼙鼓的余响敲碎旧梦，马嵬坡的夜雨滴断幸福，新的岁月粗糙而庸俗，却以无比的强悍逼人低头。玄宗把自己交给游仙的方士，胡二子和骆供奉却只能把自己交给比永恒还长的流浪的命运。

灯下读别人的颠沛流离，我不知该为撰曲的沧州歌者悲，或是该为唱曲的胡二子和骆供奉悲——抑或为西渡岛隅的自己悲。

风景是有性格的

十一月，天气一径地晴着，薄凉，但一径地晴着，天气太好的时候我总是不安，看好风好日这样日复一日地好下去，我说不上来地焦急。

我决心要到山里去一趟，一个人。

说得更清楚些，一个人，一个成年的女人，活得很兴头的一个女人，既不逃避什么，也不为了出来“散心”——恐怕反而是出来“收心”，收她散在四方的心。

一个人，带一块面包，几只黄橙，去朝山谒水。

有的风景的存在几乎是专为了吓人，如大峡谷，它让你猝然发觉自己渺如微尘的身世。

有些风景又令人惆怅，如小桥流水（也许还加上一株垂柳，以及模糊的鸡犬声）它让你发觉，本来该走得进去的世界，却不知为什么竟走不进去。

有些风景极安全，它不猛触你，它不骚扰你，像罗马街头的喷泉，它只是风景，它只供你拍照。

但我要的是一处让我怦然惊动的风景，像宝玉初见黛玉，不见眉眼，不见肌肤，只神情恍惚地说：

“这个妹妹，我曾见过的。”

他又解释道：“虽没见过，却看着面善，心里倒像是远别重逢的一般。”

我要的是一个似曾相识的山水——不管是在王维的诗里初识的，在柳宗元的《永州八记》里遇到过的，在石涛的水墨里咀嚼而成了痕的，或在魂里梦里点点滴滴一石一木蕴积而有了情的。

我要的一种风景是我可以看它也可以被它看的那种。我要一片“此山即我，我即此山，此水如我，我如此水”的熟悉世界。

有没有一种山水是可以与我辗转互相注释的？有没有一种山水是可以与我互相印证的？

没有谈过恋爱的

1

朋友的女儿还在读大学，她写了一篇武侠小说——哦，不，事实上是写了半篇小说，因为写到一半她便罢手不写了。

唉，写到一半的小说听来是多么令人沮丧啊，简直像织了一半的布遭人剪断，或煮成半熟的饺子忽而遇见停电。此女幼慧，叔叔伯伯阿姨都很看好她，但她就是不肯把那篇小说写完，老妈催她，她竟说出一个奇怪的理由："我又没有谈过恋爱，这一段我是写不下去了。你要我写，那，你去帮我找个男朋友好了！"老妈一时气结，暗中抱怨此女明明是懒惰，却把理由编成如此这般。我闻其言，不禁大笑，我说："哎，哎，你这女儿果真是没有谈过恋爱。她如果谈了恋爱，就知道，描述恋爱其实最好是没有谈过恋爱。真的谈了恋爱，写出来未必能直逼爱情……"

这一段话说得有点像绕口令，可能让听者更糊涂了。我想只好找些例子来说明吧！

2

一百一十多年前，英国的作家王尔德讲了一个故事给法国的作家纪德听，故事后来被人安上一个题目叫《讲故事的人》。在我看来，这故事简直是《老子》中“知者不言，言者不知”的批注。

故事是说有一个人爱讲故事，所以颇受村民欢迎，他会在返家时鬼扯一些奇遇，例如途经森林，惊见牧神吹笛、仙女群舞。途经海岸，又见三个美人鱼以金梳梳理碧发，听者觉得极其精彩。不料，他后来竟果然碰见自己描述的景象，当村民又来相询的时候，他却噤声不语，只说，我此行一无所见。

3

一八四四年出生的亨利·卢梭其实终其一生都住在法国，他的职业是收税员，但他当过四年兵，四年中遇见不少同袍是曾去过墨西哥的。透过这些同伴或忠实或不忠实的描述，他居然也感受到一些南美风情。之后他又跑到城市中的植物园去写生，观察非洲热带植物。

一八八九年，当时他已经45岁了，由于巴黎办万国博览会，他也就间接懂了一些塞内加尔、东京和大溪地。就这样拼拼凑凑，半揣度半狂想，他居然画出一派恍惚迷离亦真亦幻的作品，如《睡着的吉卜赛人》（1897）或《梦》（1910）都令观者倾倒入迷，连毕加索也景仰其人。

4

二〇〇四年三月，我应邀去淡大听叶嘉莹教授讲“词”，叶教授八十多岁了，风采依旧照人。满堂崇拜者，引颈以待。她是美丽清雅而又智慧灵明的。她的生平又有些传奇性，听她的演讲的确是无趣生活中的盛事。但那天她不知怎么说着说着就忽然冒出一句话，说自己年轻的时候在长辈安排下结了婚，而她此生最大的遗憾便是不曾谈恋爱，如果有来生，一定要谈一场恋爱。

可是，如果有来生，谈过一场好恋爱的美丽聪颖的那女子会比此刻的叶嘉莹教授更好吗？经她诠释的情词会更细腻吗？经她吟诵的诗会更催人泪下吗？“无憾”以后的叶嘉莹教授又会以什么面目活在来世呢？

5

神父无妻，却反能指导婚姻。男性医师不怀孕，也自能指导生产过程。梅兰芳并没去做变性手术，却能委婉唱出某个春天花园中的女子杜丽娘的情根欲苗……至于死，谁都没死过，却有人把死写得浃髓沦肌。

6

谁说要谈完一场恋爱才能把小说写好？

情怀

陈师道的诗说：

“好怀百岁几时开？”

其实，好情怀是可以很奢侈地日日有的。

退一步说，即使不是绝对快活的情怀，那又何妨呢？只要胸中自有其情怀，也就够好了。

1

校车过中山北路，偶然停在红灯前。一阵偶然的阳光把一株偶然的行道树的树影投在我的裙子上。我惊讶地望着那参差的树影——多么陌生的刺绣，是湘绣？还是苏绣？

然后，绿灯亮了，车开动了，绣痕消失了。

我那一整天都怀抱着满心异样的温柔，像过年时乍穿新衣的小孩，又像猝然间被黄袍加身的帝王，忽觉自己无限矜贵。

2

在乡间的小路边等车，车子死也不来。

我抱书站在那里，一筹莫展。

可是，等车不来，等到的却是疏篱上的金黄色的丝瓜花，花香成阵，直向人身上扑来，花棚外有四野的山、绕山的水、抱住水的岸，以及抱住岸的草，我才忽然发现自己已经陷入美的重围了。

在这样的一种驿站上等车，车不来又何妨？事不办又何妨？

车是什么时候来的？我忘了；事是怎么办的？我也忘了，长记不忘的是满篱生气勃勃照眼生明的黄花。

3

另一次类似的经验是在夜里，站在树影里等公车。那条路在白天车尘沸扬，可是在夜里静得出奇。站久了我才猛然发现头上是一棵开着香花的树，那时节是暮春，那花是乳白色须状的花，我好像在什么地方听过它叫马鬃花。

暗夜里，我因那固执安静的花香感到一种互通声息的快乐，仿佛一个参禅者，我似乎懂了那花，又似乎不懂。懂它固然快乐——因为懂是一种了解，不懂又自是另一种快乐——唯其不懂才能挫下自己的锐角，心悦诚服地去致敬。

或以香息，或以色泽，花总是令我惊奇诧异。

4

五月里，我正在研究室里整理旧稿，一只漂亮的蓝蜻蜓忽然穿窗而入。我一下子措手不及，整个乱了手脚，又怕它被玻璃橱撞昏了，又想多挽留它一下，当然，我也想指点它如何逃走。

但整个事情发生得太快，它一会儿撞到元杂剧上，一会儿又撞在全唐诗上，一会儿又撞到莎剧全集上，我简直不知怎么办才好。

然后，不着痕的，仅仅在几秒之间，它又飞走了。

留下我怔怔地站在书与书之间。

是它把书香误作花香了呢？还是它蓄意要来棒喝我，要我惊悟读书一世也无非东撞一头西碰一下罢了。

我探头窗外，后山的岩石垒着岩石，相思树叠着相思树，独不见那只蜻蜓。

奇怪的是仅仅几秒的遇合，研究室中似乎从此就完全不一样了，我一直记得，这是一间蓝蜻蜓造访过的地方。

5

看儿子画画，忍不住扑哧一声笑了出来。

他用原子笔画了一幅太阳画，线条很仔细，似乎有人在太空漫步，有人在太空船里，但令我失笑的是由于他正正经经地画了一间“移民局”。

这一代的孩子是自有他们的气魄的。

6

十一月，秋阳轻轻如披肩，我置身在　座山里。

忽然一个穿大红夹克的男孩走入小店来，手里拿着一叠粉红色的信封。

小店的主人急急推开木耳和香菇，迎了出来，他粗戛着嗓子叫道：“欢迎，欢迎，喜从天降！你一来把喜气都带来啦！”

听口音，是四川人，我猜想他大概是退役的老兵，那腼腆的男孩咕哝了几句又过了街到对面人家去挨户送帖子了。

我心中莫名地高兴着，在这荒山里，有一对男孩女孩要结婚了，也许全村的人都要去喝喜酒，我是外人，我不能留下来参加婚宴，但也一团欢喜，看他一路走着去分发自己的喜帖。

深山、淡日，万绿丛中红夹克的男孩，用毛笔正楷写得规规矩矩的粉红喜柬……在一个陌生过客的眼中原是可以如此亲切美丽的。

7

我在巷子里走，那公寓顶层的软枝黄蝉辨辨地垂下来。

我抬头仰望，把自己站得像悬崖绝壁前的面壁修道人。

真不知道那花为什么会有那么长又那么好听的名字，我仰着脖子，定定地望着一片水泥森林中的那一涡艳黄，觉得有一种窥伺不属于自己的东西的快乐。

我终于下定决心去按那家的门铃。请那主妇告诉我她的电话号码，我要向她请教跟花有关的事，她告诉我她是段太太。

有一个心情很好的黄昏，我跟她通话。

“你府上是安徽？”说了几句话以后，我肯定地说。

“是啊，是啊。”她开心地笑了，“你怎么都知道啊？我口音太重了吧？”

问她花怎么种得那么好，她谦虚地说也没什么秘方，不过有时把洗鱼洗肉的水随便浇浇就是了。她又叫我去看她的花架，不必客气。

她说得那么轻松，我也不得要领——但是我忽然发觉，我原来并不想知道什么种花的窍门，我根本不想种花，我在本质上一向不过是个赏花人。可是，我为什么要去问呢？我也不知道，大概只是一时冲动，看了开得太好的花，我想知道它的主人。

以后再经过的时候，我的眼睛照例要搜索那架软枝黄蝉，并且有一种说不出的安心——因为知道它是段太太的花，风朝雨夕，总有个段太太会牵心挂意，这里既有软枝黄蝉，又有段太太的巷子是多么好啊！

我是一个很容易就不放心的人——却也往往很容易就又放了心。

8

有一种病，我大概平均每一年到一年半之间，一定会犯一次——我喜欢逛旧货店。

旧货店不是古董店，古董店有一种逼人的贵族气息，我不敢进去。那种地方要钱、要闲，还要有学问，旧货店却是生活的，你如果买了旧货，不必钉个架子陈设它，你可以直接放在生活里用。

我去旧货店多半的时候其实并不买，我喜欢东张西望地看，黑洞洞不讲究装潢的厅堂里有桌子、椅子、柜子、床铺、书、灯台、杯子、熨斗、碗勺、刀叉、电唱机、唱片、洋娃娃、龙莛划玳瑁的标本，钩花桌巾……

我在那里摸摸翻翻，心情又平静又激越。

——曾有一些人在那里面生活过。

——在人生的戏台上，它们都曾是多么称职的道具。

——墙角的小浴盆，曾有怎样心慌意乱的小母亲站在它面前给新生的娃娃洗澡。

——门边的咖啡桌，是被哪个粗心的主人烫了三个茶杯印？

——那道书桌上的明显刀痕是不是小孩子弄的？大红色的球衣，以及球衣背后的骄傲号码，是不是被许多男孩嫉妒的号码？是不是令许多女孩疯狂的号码？

每次一开一阖间，我所取出存进的岂是衣衫杂物，那是一个呼之欲出的故事，一个鲜明活跃的特定，一种真真实实曾在远方远代进行的发生。

我怎么会惦念着一个不知名姓的异国老人呢？这里面似乎有些东方式的神秘因缘。

或开，或阖，我会在怔忡不解中想起那已是老人的球员。

9

和旧货店相反，我也爱五金店。

旧货店里充满“已然”、充满“旧事”，而五金行里的一张搓板或一块海绵却充满“未知”。

“未知”使我敬畏，使我惘鋉，我站立在五金店里总有万感交集。

仿佛墨子的悲思，只因为原来食于一棵桑树、养于一双女手、结茧于一个屋檐下的白丝顷刻间便“染于黄则黄”“染于苍则苍”，它们将被织成什么？它们将去什么地方？它们将怎样被对待？它们充满了一切好的和坏的可能性。

墨子因而悲怆了。

而我站在五金行里，望着那些堆在地下的、放在架上的、以及悬在头上的交叠堆砌的东西，也不禁迷离起来。

都是水壶，都是同一架机器的成品，被买去了当然也都是烧水用的。但哪一个，会去到一个美丽的人家，是个“有情人喝水都甜”的地方？而哪一个将注定放在冷灶上，度它的朝晨和黄昏？知道有没有挨骂？

——龙毽的尾巴怎么会伤的？

——烟灰缸怎么砸了一小角，是谁用强力胶粘上去的？

——那茶壶泡过多少次茶才积上如此古黯的茶垢？那人喝什么茶？乌龙？还是香片？

——酌过多少欢乐？那尘封的酒杯。

——照暖多少夜晚，那落地灯。

我就那样周而复始地摩挲过去，仿佛置身散戏后的剧场，那些人都到哪里去了？死了？散了？走了？或是仍在？

有人吊贾谊，有人吊屈原，有人吊大江赤壁中被浪花淘尽的千古英雄，但每到旧货店去，我想的是那些无名的人物，在许多细细琐琐的物件中，日复一日被消磨的小民。

泰山封禅，不同的古体字记载不同的王族。燕山勒铭，不同的石头记载不同的战勋。那些都是一些“发生”，一些“故事”。

我喜欢看到“故事”和“发生”。

那么真实强烈而又默无一语，生活在那里完成，我喜欢旧货店。

10

我有一个黑色的小皮箱，是旅行时旧箱子坏了，朋友临时送我的。朋友是因为好玩，跟她一个邻居老先生在“汽车间市集”（即临时买旧货处）贱价买来的，把箱子转变给我的时候，她告诉我那号码是088，然后，她又告诉我卖箱子的老先生说，他之所以选088，是因为中学踢足球的时候，背上的号码是088。

每次开阖箱子，我总想起那素昧平生的老人，想起他的少年。一式一样的饭盒，一旦卖出去，将各装着什么样口味的菜？给一个怎样的孩子食用？那孩子——一边天天用着这只饭盒，一边又将茁长为怎样的成人？

同样的垃圾桶将吞吐怎样不同的东西？被泡掉了滋味的茶渣？被食去了红瓤的瓜皮？一封撕碎的情书？一双过时的鞋？

五金店里充满一切可能性，一切属于小市民生活里的种种可能性。

我爱站在五金店里，我爱站在一切的“未然”之前，沉思，并且为想不通的事情惊奇。

11

这个世界充满了权威和专家，他们一天到晚指导我们——包括我们的婚姻。

婚姻指导的书也不知看过多少本了。反正看了也就模糊了。

但在小食摊上看到的那一对，却使我不能忘记。

那天刚下过小雨，地上是些小水洼，摊子上的生意总是忙的，不过偶然也有一两分钟的空闲。那头家穿着个笨笨的雨靴，偷空跑去踩水，不知怎的，他一闪，跌坐在地上。

婚姻书上是怎么说的？好像没看过，要是丈夫在雨地里跌一跤，妻子该怎么办？

那头家自己爬了起来，他的太太站在灶口上事不关己似的说：

“应该！应该！啊哟，给大家笑，应该，那么大的人，还去跃水玩，应该……”她不去拉他，倒对着满座客人说自家人的不是。我小心地望着，不知下一步是什么，却发觉那头家转身回来，若无其事地，炒起蚵仔煎来。

我惊得目瞪口呆。

原来，这样也可以是一种婚姻的。

原来，他们是可以骂完或者打完而不失其为夫妻的，就像手心跟手背，他们根本不知道“分”是什么。

我偷眼看他们，他们不会照那些权威所指导的互赠鲜花吧？他们的世界里也不像有“生日礼物”或“给对方一个惊喜”的事，他们是怎么活下去的？他们怎么也活得好端端的？

他们的婚姻必然有其坚韧不摧的什么，必然有其雷打不散的什么，必然有婚姻专家搞不懂的什么。年轻的情侣和他们相比，是多么容易受伤，对方忘了情人节，对方又穿了你讨厌的颜色，对方说话不得体……而站在蚵仔铁锅后的这一对呢？他们忍受烟熏火燎，他们共度街头的雨露风霜，但他们一起照料小食摊的时候那比肩而立的交叠身影是怎样扎实厚重的画面，夜深后，他们一起收拾锅碗回家的影子又是怎么惊心动魄的美感。

像手心跟手背，可以互骂，可以互打，也可以相顾无言，便硬是不知道什么叫“分”——不是想分或不想分，而是根本弄不清本来一体的东西怎么可能分？

我要好好想想这手册之外的婚姻，这权威和专家们所不知道的中国爱情。

种种有情

有时候，我到水饺店去，饺子端上来的时候，我总是怔怔地望着那一个个透明饱满的形体，北方人叫它“冒气的元宝”，其实它比冷硬的元宝好多了，饺子自身是一个完美的世界，一张薄茧，包覆着简单而又丰盈的美味。

我特别喜欢看的是捏合饺子边皮留下的指纹，世界如此冷漠，天地和文明可能在一刹那之间化为炭劫，但无论如何，当我坐在桌前上面摆着的某个人亲手捏合的饺子，热雾腾腾中，指纹美如古陶器上的雕痕，吃饺子简直可以因而神圣起来。

“手泽”为什么一定要拿来形容书法呢？一切完美的留痕，甚至饺皮上的指纹不都是美丽的手泽吗？我忽然感到万物的有情。

巷口一家饺子馆的招牌是正宗川味山东饺子馆，也许是一个四川人和一个山东人合开的，我喜欢那招牌，觉得简直可以画上《清明上河图》，那上面还有电话号码，前面注着 TEL，算是有了三个英文字母，至于号码本身，写的当然是阿拉伯文，一个小招牌，能涵容了四川、山东、中文、阿拉伯（数）字、英文，不能不说是一种可爱。

校车反正是每天都要坐的，而坐车看书也是每天例有的习惯，有一天，车过中山北路，劈头栽下一片叶子竟把手里的宋诗打得有了声音，多么令人惊异的断句法。

原来是通风窗里掉下来的，也不知是刚刚新落的叶子，还是某棵树上的叶子在某时候某地方，偶然憩在偶过的车顶上，此刻又偶然掉下来的，我把叶子揉碎，它是早死了，在此刻，它的芳香在我的两掌复活，我札开微绿的指尖，竟恍惚自觉是一棵初生的树，并且刚抽出两片新芽，碧绿而芬芳，温暖而多血，镂饰着奇异的脉络和纹路，一叶在左，一叶在右，我是庄严地合着掌的一截新芽。

两年前的夏天，我们到堪萨斯去看朱和他的全家——标准的神仙眷属，博士的先生，硕士的妻子，数目“恰恰好”的孩子，可靠的年薪，高尚住宅区里的房子，房子前的草坪，草坪外的绿树，绿树外的蓝天……

临行，打算合照一张，我四下列览，无心地说：“啊，就在你们这棵柳树下面照好不好？”

“我们的柳树。”朱忽然回过头来，正色地说，“什么叫我们的柳树？我们反正是随时可以走的！我随时可以让它不是‘我们的柳树’。”

一年以后，他和全家都回来了，不知堪萨斯城的那棵树如今属于谁——但朱属于这块土地，他的门前不再有柳树了，他只能把自己栽成这块土地上的一片绿意。

春天，中山北路的红砖道上有人手拿着用粗绒线做的长腿怪鸟的兜卖，几吹着鸟的瘦胫，飘飘然好像真会走路的样子。

有些外国人忍不住停下来买一只。

忽然，有个中国女人停了下来，她不顶年轻，大概三十左右，一看就知是由于精明干练日子过得很忙碌的女人。

“这东西很好，”她抓住小投，“一定要外销，一定赚钱，你到

× × 路 × × 巷 × 号二楼上去，一进门有个 × 小姐，你去找她，她一定会想办法给你弄外销！”

然后她又回头重复了一次地址，才放心走开。

台湾怎能不富？连路上不相干的路人也会指点别人怎么做外销，其实，那种东西厂商也许早就做外销了，但那女人的热心，真是可爱得紧。

暑假里到中部乡下去，弯入一个岔道，在一棵大榕树底下看到一个身架特别小的孩子，把几根绳索吊在大树上，他自己站在一张小板凳上，结着简单的结，要把那几根绳索编成一个网花盆的吊篮。

他的母亲对着他坐在大门口，一边照顾着杂货店，一边也编着美丽的结，蝉声满树，我停焉为搭讪着和那妇人说话，问她卖不卖，她告诉我不能卖，因为厂方签好契约是要外销的，带路的当地朋友说他们全是不露声色的财主。

我想起那年在美国逛梅西公司，问柜台小姐那架录音机是不是台湾做的，她回了一句，“当然，反正什么都是日本跟台湾来的。”

我一直怀念那条乡下无名的小路，路旁那一对富足的母子，以及他们怎样在满地绿荫里相对坐编那织满了蝉声的吊篮。

我习惯请一位姓赖的油漆工人，他是客家人，哥哥做木工，一家人彼此生意都有照顾。有一年我打电话找他们，居然不在，因为到关岛去做工程了。

过了一年才回来。

“你们也是要三年出师吧。”有一次我没话找话跟他们闲聊。

“不用，现在两年就行。”

“怎么短了？”

“当然，现代人比较聪明！”

听他说得一本正经，顿时对人类前途都觉得乐观起来，现代的学徒不用生炉子，不用倒马桶，不用替老板娘抱孩子，当然两年就行了。

我一直记得他们一口咬定现代人比较聪明时脸上那份尊严的笑容。学校下面是一所大医院，黄昏的时候，病人出来散步，有些探病的人也三三两两地散步。

那天，我在山径上便遇见了几个这样的人。

习惯上，我喜欢走慢些去偷听别人说话。

其中有一个人，抱怨钱不经用，抱怨着抱怨着，像所有的中老年人一样，话题忽然就回到四十年前一块钱能买几百个鸡蛋的老故事上去了。

忽然，有一个人憋不住地叫了起来，“你知道吗？抗战前，我念初中，有一次在街上捡到一张钱，哎呀，后来我等了一个礼拜天，拿着那张钱进城去，又吃了馆子，又吃了冰淇淋，又买了球鞋，又买了字典，又看了电影，哎呀，钱居然还没有花完呐……”

山径渐高，黄昏渐冷。

我驻下脚，看他们渐渐走远，不知为什么，心中涌满对黄昏时分霜鬓的陌生客的关爱，四十年前的一个小男孩，曾被突来的好运弄得多么愉快，四十年后山径上薄凉的黄昏，他仍然不能忘记……不知为什么，我忽然觉得那人只是一个小男孩，如果可能，我愿意自己是那掉钱的人，让人世中平白多出一段传奇故事……

无论如何，能去细味另一个人的惆怅也是一件好事。

元旦的清晨，天气异样的好，不是风和日丽的那种好，是清朗见底毫无渣滓的一种澄澈，我坐在计程车上赶赴一个会，路遇红灯时，车龙全停了下来，我无聊地探头窗外，只见两个年轻人骑着机车，其中一个说了几句话忽然兴奋地大叫起来，“真是个好主意啊！”我不知他们想出了什么好主意，但看他们阳光下无邪的笑意，也忍不住跟着高兴起来，不知道他们的主意是什么主意，但能在偶然的红灯前遇见一个以前没见过以后也不会见到的人真是一个奇异的机缘。他们的脸我是记不住的，但那不重要，重要的是我记得他们石破天惊的欢呼，他们或许去郊游，或许去野餐，或许去访问一个美丽的笑靥如花的女孩，他们有没有得到他们预期的喜悦，我不知道，但我至少得到了，我惊喜于我能分享一个陌路的未曾成形的喜悦。

有一次，路过香港，有事要和乔宏的太太联络，习惯上我喜欢凌晨或午夜打电话——因为那时候忙碌的人才可能在家。

“你是早起的还是晚睡的？”

她愣了一下。

“我是既早起又晚睡的，孩子要上学，所以要早起，丈夫要拍戏，所以晚睡——随你多早多晚打来都行。”

这次轮到我愣了，她真厉害，可是厉害的不止她一个人。其实，所有为人妻为人母的大概都有这份本事——只是她们看起来又那样平凡，平凡得自己都弄不懂自己竟有那么大的本领。

女人，真是一种奇怪的人，她可以没有籍贯、没有职业，甚至没有名字地跟着丈夫活着，她什么都给了人，她年老的时候拿不到一文退休金，但她却活得那么有劲头，她可以早起可以晚睡，可以吃得极少可以永无休假地做下去。她一辈子并不清楚自己是在付出还是在拥有。

资深人妇真是一种既可爱又可敬的角色。

文艺会谈结束的那天中午，我因为要赶回宿舍找东西，午餐会迟到了三分钟，慌慌张张地钻进餐厅，席次都坐好了，大家已经开始吃了，忽然有人招呼我过去坐，那里刚好空着一个座位，我不加考虑地就走过去了。

等走到面前，我才呆了，那是谢东闵主席右首的位子，刚才显然是由于大家谦虚而变成了空位，此刻却变成了我这个冒失鬼的位子，我浑身不自在起来，跟“大官”一起总是件令人手足无措的事。

忽然，谢主席转过头来向我道歉：

“我该给你夹菜的，可是，你看，我的右手不方便，真对不起，不能替你服务了，你自己要多吃点。”

我一时傻眼望着他，以及他的手，不知该说什么，那只伤痕犹在的手忽然美丽起来，炸得掉的是手指，炸不掉的是一个人的风格和气度，我拼命忍住眼泪，我知道，此刻，我不是坐在一个“大官”旁边，而是一个温煦的“人”的旁边。

经过火车站的时候，我总忍不住要去看留言牌。

那些粉笔字不知道铁路局允许它保留半天或一天，它们不是宣纸上的书法，不是金石上的篆刻，不是小笺上的墨痕，它们注定立刻便要消逝——但它们存在的时候，它是多好的一根丝涤，就那样绾住了人间种种的牵牵绊绊。

我竟把那些句子抄了下来：

缎：久候未遇，已返，请来龙泉见。

春花：等你不见，我走了（我二点再来）。荣。

展：我与姨妈往内埔姐家，晚上九时不来等你。

每次看到那样的字总觉得好，觉得那些不遇、焦灼、愚痴中也自有一份可爱，一份人间的必要的温度。

还有一个人，也不署名，也没称谓，只扎手扎脚地写了“吾走矣”三个大字，板黑字白，气势好像要突破挂板飞去的样子。也不知道究竟是写给某一个人看的，还是写给过往来客的一句诗偈，总之，令人看得心头一震！

《红楼梦》里麻鞋鹑衣的疯道人可以一路唱着《好了歌》，告诉世人万般“好”都是因为“了断”尘缘，但为什么要了断呢？每次我望着大小驿站中的留言牌，总觉万般的好都是因为不了不断、不能割舍而来的。

天地也无非是风雨中的一座驿亭，人生也无非是种种羁心绊意的事和情，能题诗在壁总是好的！

可爱

酒席上闲聊，有人说：

“啊哟，你不知道，她这人，七十岁了，雪白的头发，那天我碰到她，居然还涂了口红，血红血红的口红呢！”

“是啊，那么老了，还看不开……”

趁着半秒钟的话缝，我赶紧插进去说：

“可是，你们不觉得她也蛮可爱的吗？等我七十岁，搞不好我也要跟她学，我也去抹血红血红的口红！”望着惊愕地瞪着我的议论者，我重申“女人到七十还死爱漂亮，是该致敬的”。

记得有一年，在马来西亚拜访一位沈慕羽老先生。古老的华人宅邸中，坐镇着他九十多岁的老母亲，我们想为她拍一张照，她忽然扭捏起来，说：

“等一等，我今天头发没梳好。”她说着便走进屋去。

在我看来，她总共就那几径白发，梳与不梳，也不见得有差别。可是，她还是正正经经地去梳了头才肯拍照。

老而爱美的女子别有其妩媚动人处。

又有一次，听到有人批评一位爱批评人的人。

“可是，听你们说了半天，我倒觉得他蛮可爱，”我说，“至少他骂人都是明来明去，他不玩阴的！人到中年，还能直话直说，我觉得，也算可爱了！”

有人骂某教授，理由是：

“朋友敬酒，他偏说医生不准他喝。不料后来餐厅女经理来敬酒，他居然一仰脖子就干了，真是见色忘友！”

“哎呀！”我笑道，“此人太可爱了。酒这种东西，本来就该为美人喝的，‘见色忘友’，很正常啊！”

我想，既然我动不动就释然一笑，觉得人家很可爱，大概是由于我自己也有几分可爱吧？

赏梅，于梅花未着时

庭中有梅，大约一百棵。

“花期还有三四十天。”山庄里的人这样告诉我，虽然已是已凉未寒的天气。

梅叶已凋尽，梅花尚未剪裁，我只能伫立细赏梅树清奇磊落的骨骼。

梅骨是极深的土褐色，和岩石同色。更像岩石的是，梅骨上也布满苍苔的斑点，它甚至有岩石的粗糙风霜、岩石的裂痕、岩石的苍老嶙刚、梅的枝枝柯柯交抱成一把，竟是抽成线状的岩石。

不可想象的是，这样寂然不动的岩石里，怎能迸出花来呢？

如何那枯瘠的皴枝中竟锁有那样多荧光四射的花瓣？以及那么多日后绿得透明的小叶子，它们此刻在哪里？为什么独有怀孕的花树如此清癯苍古？那万千花胎怎会藏得如此秘密？

我几乎想剖开枝子掘开地，看看那来日要在月下浮动的暗香在哪里？看看来日可以欺霜傲雪的洁白在哪里？他们必然正在斋戒沐浴，等候神圣的召唤，在某一个北风凄紧的夜里，他们会忽然一起白给天下看。

隔着千里，王维能回首看见故乡绮窗下记忆中的那株寒梅。隔着三四十天的花期，我在枯皴的树臂中预见想象中的璀璨。

于无声处听惊雷，于无色处见繁花，原来并不是不可以的！

行道树

每天，每天，我都看见它们，它们是已经生了根的——在一片不适于生根的土地上。

有一天，一个炎热而忧郁的下午，我沿着人行道走着，在穿梭的人群中，听自己寂寞的足音，我又看到它们，忽然，我发现，在树的世界里，也有那样完整的语言。

我安静地站住，试着去了解它们所说的一则故事：

我们是一列树，立在城市的飞尘里。

许多朋友都说我们是不该站在这里的，其实这一点，我们知道得比谁都清楚。我们的家在山上，在不见天日的原始森林里。而我们居然站在这儿，站在这双线道的马路边，这无疑是一种堕落。我们的同伴都在吸露，都在玩凉凉的云。而我们呢？我们唯一的装饰，正如你所见的，是一身抖不落的煤烟。

是的，我们的命运被安排定了，在这个充满车辆与烟囱的工业城里，我们的存在只是一种悲凉的点缀。但你们尽可以节省下你们的同情心，因为，这种命运事实上也是我们自己选择的——否则我们不必在春天勤生绿叶，不必在夏日献出浓荫。神圣的事业总是痛苦的，但是，也唯有这种痛苦能把深度给予我们。

当夜来的时候，整个城市里都是繁弦急管、都是红灯绿酒。而我们在寂静里，我们在黑暗里，我们在不被了解的孤独里。但我们苦熬着把牙龈咬得酸疼，直等到朝霞的旗冉冉升起，我们就站成一列致敬——无论如何，我们这城市总得有一些人迎接太阳！如果别人都不迎接，我们就负责把光明迎来。

这时，或许有一个早起的孩子走了过来，贪婪地呼吸着鲜洁的空气，这就是我们最自豪的时刻了。是的，或许所有的人都早已习惯于污浊了，但我们仍然固执地制造着不被珍视的清新。

落雨的时分也许是我们最快乐的，雨水为我们带来故人的消息，在想象中又将我们带回那无忧的故林。我们就在雨里哭泣着，我们一直深爱着那里的生活——虽然我们放弃了它。

立在城市的飞尘里，我们是一列忧愁而又快乐的树。

故事说完了，四下寂然，一则既没有情节也没有穿插的故事，可是，我听到它们深深的叹息。我知道，那故事至少感动了它们自己。然后，我又听到另一声更深的叹息——我知道，那是我自己的。

山水的圣谕

我终于独自一人了。

独自一人来面领山水的圣谕。

一片大地能昂起几座山？一座山能出多少树？一棵树里能秘藏多少鸟？一声鸟鸣能婉转倾泻多少天机？

鸟声真是一种奇怪的音乐——鸟愈叫，山愈幽深寂静。

流云匆匆从树隙穿过——云是山的使者吧——我竟是闲来闲去的一个。

“喂！”我坐在树下，叫住云，学当年孔子，叫趋庭而过的鲤，并且愉快地问他，“你学了诗没有？”

并不渴，在十一月山间的新凉中，但每看到山泉我仍然忍不住停下来喝一口。雨后初晴的早晨，山中轰轰然全是水声，插手入寒泉，只觉自己也是一片冰心在玉壶。而人世在哪里？当我一插手之际，红尘中几人生了？几人死了？几人灰情灭欲大彻大悟了？

剪水为衣，抟山为钵，山水的衣钵可授之何人？叩山为钟鸣，抚水成琴弦，山水的清音谁是知者？山是千绕百折的璇玑图，水是逆流而读或顺流而读都美丽的回文诗，山水的诗情谁来领受？

俯视脚下的深涧，浪花翻涌，一直，我以为浪是水的一种偶然，一种偶然搅起的激情。但行到此处，我忽竟发现不然，应该说水是浪的一种偶然，平流的水是浪花偶尔憩息时的宁静。

同样是岛同样有山，不知为什么，香港的山里就没有这份云来雾往，朝烟夕岚以及千层山万重水的邦国韵味，香港没有极高的山，极巨的神木，香港的景也不能说不好，只是一览无遗，淡然得令人不习惯。

对一个中国人而言，烟岚是山的呼吸，而拉拉山，此刻正在舒徐地深呼吸。

香椿

香椿芽刚冒上来的时候，是暗红色，仿佛可以看见一股地液喷上来，把每片嫩叶都充了血。

每次回屏东娘家，我总要摘一大抱香椿芽回来，孩子们都不在家，老爸老妈坐对四棵前后院的香椿，当然是来不及吃的。

记忆里妈妈不种什么树，七个孩子已经够排成一列树栽子了，她总是说："都发了人了，就发不了树啦！"可是现在，大家都走了，爸妈倒是弄了前前后后满庭的花、满庭的树。

我踮起脚来，摘那最高的尖芽。

不知为什么，椿树是传统文学里被看作一种象征父亲的树。对我而言，椿树是父亲，椿树也是母亲，而我是站在树下摘树芽的小孩。那样坦然地摘着，那样心安理得地摘着，仿佛做一棵香椿树就该给出这些嫩芽似的。

年复一年我摘取，年复一年，那棵树给予。

我的手指已习惯于接触那柔软潮湿的初生叶子的感觉，那种攀摘令人惊讶浩叹，那不胜柔弱的嫩芽上竟仍把得出大地的脉动，所有的树都是大地单向而流的血管，而香椿芽，是大地最细致的微血管。

我把主干拉弯，那树忍着，我把支干扯低，那树忍着，我把树芽采下，那树默无一语。我撇下树回头走了，那树的伤痕上也自己努力结了疤，并且再长新芽，以供我下次攀摘。

我把树芽带回台北，放在冰箱里，不时取出几枝，切碎，和蛋，炒得喷香地放在餐桌上，我的丈夫和孩子争着嚷着炒得太少了。

我把香椿夹进嘴里，急急地品味那奇异的芳烈的气味，世界仿佛一霎时凝止下来，浮士德的魔鬼给予的种种尘世欢乐之后，仍然迟迟说不出口的那句话，我觉得我是能说的。

“太完美了，让时间在这一瞬间停止吧！”

不纯是为了那树芽的美味，而是为了那背后种种因缘，岛上最南端的小城，城里的老宅，老宅的故园，园中的树，象征父亲也象征母亲的树。

万物于人原来可以如此亲和的。吃，原来也可以像宗教一般庄严肃穆的。

就是茶

食堂其实只是个寻常的食堂，可是它临江。光这一点就不得了，浩浩大江仿佛伴奏乐队，在窗外伺候。更令人肃然的是，这江叫富春江，是元代黄公望曾以之入画、是汉代严子陵曾在岩滩上持竿垂钓的所在。是两千年来中国读书人一心向往的隐逸梦乡。

菜也做得清爽甘鲜。饭后，食堂中的女子端上茶来。茶味醇正端方。

“这茶，叫什么名字？”我问女子。

“这个，就是茶呀！”她也认真回答，声音轻柔利落。

此地近杭州，我在杭州城里刚订下一斤“雨前”，但这里的茶显然和我更投缘，味似包种而厚。

“我知道它是茶，可是，茶也有个名字，譬如说‘龙井’啦，‘白毫’啦，这茶叫什么名字呢？”

“啊，你说的那是城里，我们这里的茶没有名字，茶就是茶。”

我放弃了，只好同意她，这茶没有名字，它简简单单，它就是茶。

我不是什么茶仙茶精之流的人，但也尝过不少种茶：像泰北的榴莲茶、英国人爱喝的苹果茶、粤人独钟的荔枝红、竹篓包装的六安茶、闽人的铁观音或取道中庸的“东方美人”、恒春那略带海风气息的“港口茶”……我甚至还应乌来一家茶肆之请替新茶命名，叫“一抹绿”。

可是，在浙江省富阳，这美丽的小地方，那乡下女子却说这茶“就是茶”，我喜欢她这句话里的禅意，仿佛宇宙洪荒，大地初醒，那时男人就叫男人，女人就叫女人，茶就是茶。

在世间诸茶之中，我会常记得我曾喝过一盏茶，那盏没有名字的“就是茶”。

一山昙花

“你们来晚了！”

我老是想到这句话。

旅行世界各地，总是有热心的朋友跑来告诉你这句话。

于是，我知道，如果我去年就来，我可以赶上一场六十年来仅见的瑞雪。或者如一个月前来，丁香花开如一片香海。或者十天以前来，有一场热闹的庙会。一星期以前来，正逢热气球大赛。三天以前是啤酒节……

开头的时候，听到这样的话，忍不住跌足叹息，自伤命苦。久了，也就认了。知道有些好事情，是上天赏给当地居民的。旅客如果碰上了，是万幸；碰不上，是理所当然。凭什么你把“花枝春满”“天心月圆”的好景都碰上了？

因此，我到夏威夷，听朋友说：“满山昙花都开了——好像是上个礼拜某个夜里。”心里也只觉坦然，一面促他带我们仍去看看，毕竟花谢了山还在。

到得山边，不禁目瞪口呆，果真是满满一山仙人掌，果真每棵仙人掌都垂下一朵大大的枯萎的花苞。遥想上个礼拜千朵万朵深夜竞芳时，不知是如何热闹熙攘的局面。而此刻，我仿佛面对三千位后宫美女——三千位垂垂老去的美女，努力揣想她们当如何风华正茂……

如果不是事先听友人说明，此刻我也未必能发现那些残花。花朵开时，如敲锣如打鼓，腾腾烈烈，声震数里，你想不发现也难。但花朵一旦萎谢，则枝柯间忽然幽冥如墓地，你只能从模糊的字迹里去辨认昔日的王侯将相才子佳人。

此时此刻，说不憾恨是假的，我与这一山昙花，还未见面，就已诀别。

但对这种憾恨我却早已经“习惯”了，人本来就不是有权利看到每一道彩虹的。王羲之的兰亭雅集我没赶上，李白宴于春夜桃李园我也没赶上。就算我能逆时光隧道赶回一千多年前去参加，他们也必然因为我的女性身份而将我拒之门外。是啊，不是所有的好事都是我可以碰上的，哥伦布去新大陆没带我同行，莎士比亚《李尔王》的首演日我没接到招待券，而地球的启动典礼上帝也没让我剪彩……反正，是好事，而被我错过的，可多着哪！这一山白灿灿的昙花又算什么！

我呆站在山前，久久不忍离去，这一山残花虽成往事，但面对它却可以容我驰无穷之想象，想一周前的某个深夜，满山花开如素烛千盏，整座山燃烧如月下的烛台，那夜可有人是知花之人？可有心是惜香之心？

凡眼睛无福看见的．只好用想象去追踪揣摩。凡鼻子不及嗅闻的，只好用想象去填充臆测。凡手指无缘接触的，也只得用想象去弥补假设——想象使我们无远弗届。

我曾淡忘无数亲眼目睹的美景，反而牢牢记住了夏威夷岛上不曾见识过的一山昙花。这世间，究竟什么才叫拥有呢？

第四辑　我交给你们一个孩子

母亲的羽衣

讲完了牛郎织女的故事，细看儿子已经垂睫睡去，女儿却犹自瞪着坏坏的眼睛。

忽然，她一把抱紧我的脖子把我赘得发疼。

“妈妈，你说，你是不是仙女变的？”

我一时愣住，只胡乱应道：

“你说呢？”

“你说，你说，你一定要说。”她固执地扳住我不放，“你到底是不是仙女变的？”

我是不是仙女变的？哪一个母亲不是仙女变的？

像故事中的小织女，每一个女孩都曾住在星河之畔，她们织虹纺霓、藏云捉月，她们几曾烦心挂虑？她们是天神最偏怜的小女儿，她们终日临水自照，惊讶于自己美丽的羽衣和美丽的肌肤，她们久久凝注着自己的青春，被那份光华弄得痴然如醉。

而有一天，她的羽衣不见了，她换上了人间的粗布——她已经决定做一个母亲。有人说她的羽衣被锁在箱子里，她再也不能飞翔了。人们还说，是她丈夫锁上的，钥匙藏在极秘密的地方。

可是，所有的母亲都明白那仙女根本就知道箱子在那里，她也知道藏钥匙的所在，在某个无人的时候，她甚至会惆怅地开启箱子，用忧伤的目光抚摸那些柔软的羽毛，她知道，只要羽衣一着身，她就会重新回到云端，可是她把柔软白亮的羽毛拍了又拍，仍然无声无息地关上箱子，藏好钥匙。

是她自己锁住那身昔日的羽衣的。

她不能飞了，因为她已不忍飞去。

而狡黠的小女儿总是偷窥到那藏在母亲眼中的秘密。

许多年前，那时我自己还是小女孩，我总是惊奇地窥伺着母亲。

她在口琴背上刻了小小的两个字——“静鸥”，那里面有什么故事吗？那不是母亲的名字，却是母亲名字的谐音，她也曾梦想过自己是一只静栖的海鸥吗？她不怎么会吹口琴，我甚至想不起她吹过什么好听的歌，但那名字对我而言是母亲神秘的羽衣，她轻轻写那两个字的时候，她可以立刻变了一个人，她在那名字里是另外一个我所不认识的有翅的什么。

母亲晒箱子的时候是她另外一种异常的时刻，母亲似乎有好些东西，完全不是拿来用的，只为放在箱底，按时年年在三伏天取出来暴晒。

记忆中母亲晒箱子的时候就是我兴奋欲狂的时候。

母亲晒些什么？我已不记得，记得的是樟木箱子又深又沉，像一个混沌黝黑初生的宇宙，另外还记得的是阳光下竹竿上富丽夺人的颜色，以及怪异却又严肃的樟脑味，以及我在母亲喝禁声中东摸摸西探探的快乐。

我唯一真正记得的一件东西是幅漂亮的湘绣被面，雪白的缎子上，绣着兔子和翠绿的小白菜，和红艳欲滴的小杨花萝卜，全幅上还绣了许多别的令人惊讶赞叹的东西，母亲一边整理，一面会忽然回过头来说："别碰，别碰，等你结婚就送给你。"

我小的时候好想结婚，当然也有点害怕，不知为什么，仿佛所有的好东西都是等结了婚就自然是我的了，我觉得一下子有那么多好东西也是怪可怕的事。

那幅湘绣后来好像不知怎么就消失了，我也没有细问。对我而言，那么美丽得不近真实的东西，一旦消失，是一件合理得不能再合理的事。譬如初春的桃花，深秋的枫红，在我看来都是美丽得违了规的东西，是茫茫大化一时的错误，才胡乱把那么多的美推到一种东西上去，桃花理该一夜消失的，不然岂不教世人都疯了？

湘绣的消失对我而言简直就是复归大化了。

但不能忘记的是母亲打开箱子时那份欣悦自足的表情，她慢慢地看着那幅湘绣，那时我觉得她忽然不属于周遭的世界，那时候她会忘记晚饭，忘记我扎辫子的红绒绳。她的姿势细想起来，实在是仙女依恋地轻抚着羽衣的姿势，那里有一个前世的记忆，她又快乐又悲哀地将之一一拾起，但是她也知道，她再也不会去拾起往昔了——唯其不会重拾，所以回顾的一刹那更特别的深情凝重。

除了晒箱子，母亲最爱回顾的是早逝的外公对她的宠爱，有时她胃痛，卧在床上，要我把头枕在她的胃上，她慢慢地说起外公。外公似乎很舍得花钱（当然也因为有钱），总是带她上街去吃点心，她总是告诉我当年的肴肉和汤包怎么好吃，甚至煎得两面黄的炒面和女生宿舍里早晨订的冰糖豆浆（母亲总是强调"冰糖"豆浆，因为那是比"砂糖"豆浆更为高贵的）都是超乎我想象力之外的美味，我每听她说那些事的时候，都惊讶万分——我无论如何不能把那些事和母亲联想在一起，我从有记忆起，母亲就是一个吃剩菜的角色，红烧肉和新炒的蔬菜简直就是理所当然地放在父亲面前的，她自己的面前永远是一盘杂拼的剩菜和一碗“擦锅饭”（擦锅饭就是把剩饭在炒完菜的剩锅中一炒，把锅中的菜汁都擦干净了的那种饭），我简直想不出她不吃剩菜的时候是什么样子。

而母亲口里的外公，上海、南京、汤包、肴肉全是仙境里的东西，母亲每讲起那些事，总有无限的温柔，她既不感伤，也不怨叹，只是那样平静地说着。她并不要把那个世界拉回来，我一直都知道这一点，我很安心，我知道下一顿饭她仍然会坐在老地方吃那盘我们大家都不爱吃的剩菜。而到夜晚，她会照例一个门一个窗地去检点去上闩。她一直都负责把自己牢锁在这个家里。

哪一个母亲不曾是穿着羽衣的仙女呢？只是她藏好了那件衣服，然后用最黯淡的一件粗布把自己掩藏了，我们有时以为她一直就是那样的。

而此刻，那刚听完故事的小女儿鬼鬼地在窥伺着什么？

她那么小，她由何得知？她是看多了卡通、听多了故事吧？她也发现了什么吗？

是在我的集邮本偶然被儿子翻出来的那一刹那吗？是在我拣出石涛画册或汉碑并一页页细味的那一刻吗？是在我猛然回首听他们弹一阕熟悉的钢琴练习曲的时候吗？抑或是在我带他们走过年年的春光，不自主地驻足在杜鹃花旁或流苏树下的一瞬间吗？

或是在我动容地托住父亲的勋章或童年珍藏的北平画片的时候，或是在我翻拣夹在大字典里的干叶之际，或是在我轻声教他们背一首唐诗的时候……

是有什么语言自我眼中流出吗？是有什么音乐自我腕底泻过吗？为什么那小女孩问道：

“妈妈，你是不是仙女变的呀？”

我不是一个和千万母亲一样安分的母亲吗？我不是把属于女孩的羽衣收拾得极为秘密吗？我在什么时候泄露了自己呢？

在我的书桌底下放着一个被人弃置的木质砧板，我一直想把它挂起来当一幅画，那真该是一幅庄严的，那样承受过万万千千生活的刀痕和凿印的，但不知为什么，我一直也没有把它挂出来……

天下的母亲不都是那样平凡不起眼的一块砧板吗？不都是那样柔顺地接纳了无数尖锐的割伤却默无一语的砧板吗？

而那小女孩，是凭什么神秘的直觉，竟然会问我：

“妈妈？你到底是不是仙女变的？”

我掰开她的小手，救出我被吊得酸麻的脖子，我想对她说：

“是的，妈妈曾经是一个仙女，在她做小女孩的时候，但现在，她不是了，你才是，你才是一个小小的仙女！”

但我凝注着她晶亮的眼睛，只简单地说了一句：

“不是，妈妈不是仙女，你快睡觉。”

“真的？”

“真的！”

她听话地闭上了眼睛，旋又不放心睁开。

“如果你是仙女，也要教我仙法哦！”

我笑而不答，替她把被子掖好，她兴奋地转动着眼珠，不知在想什么。

然后，她睡着了。

故事中的仙女既然找回了羽衣，大约也回到云间去睡了。

风睡了，鸟睡了，连夜也睡了。

我守在两张小床之间，久久凝视着他们的睡容。

我交给你们一个孩子

小男孩走出大门，返身朝四楼阳台上的我招手说：

“再见！”

那是好多年前的事了，那个早晨是他开始上小学的第二天。

我其实可以像昨天一样，再陪他一次，但我却狠下心来，看他单独去了。他有属于他的一生，是我不能相陪的，母子一场，也只能看作一把借来的琴，能弹多久，便弹多久，但借来的岁月毕竟是有归还期限的。

他欣然地走出长巷，很听话地既不跑也不跳，一副循规蹈矩的样子。我一个人怔怔地望着朝阳落泪。

想大声告诉全城市，今天早晨，我交给你们一个小男孩，他还不知恐惧为何物，我却是知道的，我开始恐惧自己有没有交错？

我把他交给马路，我要他遵规矩沿着人行横道而行。但是，匆匆的路人啊，你们能够小心一点吗？不要撞到我的孩子，我把我的挚爱交给了纵横的马路，容许他平平安安地回来！

我不曾迁移户口，我们不要越区就读，我们让孩子读本区内的国民小学而不是某些私立明星小学，我努力去信任教育当局，而且，是以自己的儿女为赌注来信任的——但是，学校啊，当我把孩子交给你，你保证给他怎样的教育？今天早晨，我交给你一个欢欣诚实又颖悟的小男孩，多年以后，你将还我一个怎样的青年？

他开始识字、开始读书，当然他也要读报纸、听音乐或者看电影电视，古往今来的撰述者啊！各种方式的知识传递者啊！我的孩子会因你们得到什么呢？你们将饮之以琼浆，灌之以醍醐，还是哺之以糟粕？他会因而变得正直忠信，还是学会奸猾诡诈？当我把我的孩子交出来，当他向这世界求知若渴，世界啊，你给他的会是什么呢？

世界啊，今天早晨，我，一个母亲，向你交出她可爱的小男孩，而你们将还我一个怎样的呢！

傻傻的妈妈

一位老邻居叫住我，要跟我说新邻居的事：

“你知道吗？我家楼下换了人啦！新搬来的这家也真好笑哩，”她说着，真的咯咯笑了起来，“这家妈妈自已跟我说的，她说她儿子去年联考没考好，今年重考，说不定就会考上台大哩！如果考上了，这间房子刚好近台大，所以虽然贵，她也买啦！买了好让儿子上台大方便嘛！”

“唉！”她忽然脸色一沉，“你知道吗？日本有一个字，叫——”

“什么？”我一点也听不懂她咕噜的一声日文是什么意思。

“这句话要是翻出来，就是‘傻傻的妈妈’，世上就是偏偏有这批傻傻的妈妈——”

我忽然想起另一个朋友，他念哲学，他哥哥念物理，他的母亲有天一个人在家里发起愁来。

“她愁什么呢？”我还以为是愁两个儿子都念了冷门的科系。

“愁——哈！你猜——原来她愁如果有一天，我和大哥一同中科，一同拿下了诺贝尔奖，记者要来采访她，那时她该说些什么才得体呢？”

据说后来她不愁了，因为那篇谈话她已经想好该怎么说了，有备无患，她开始安心等待那一天来到。

傻傻的妈妈，痴心的妈妈——但，这是上帝的旨意啊！如果所有的母亲都能清楚评估自己孩子的资质，我们还要母亲做什么用？她不过等于一个智商鉴定中心的职员罢了。

每一个孩子都是在“误以为是天才”的痴心奉献中才成长的呀！

我不知道怎样回答

有些时候，我不知道怎样回答这些问题，可是……

有一次，经过一家木材店，忽然忍不住为之驻足了。秋阳照在那一片粗糙的木纹上，竟像炒栗子似的爆出一片干燥郁烈的芬芳。我在那样的香味里回到了太古，我恍惚可以看到遮天蔽日的原始森林，我看到第一个人类以斧头斩向擎天的绿意。一斧下去，木香争先恐后地喷向整个森林，那人几乎为之一震。每一棵树是一瓶久贮的香膏，一经启封，就香得不可收拾。每一痕年轮是一篇古赋，耐得住最仔细的吟读。

店员走过来，问我要买什么木料，我不知道怎样回答。我只能愚笨地摇摇头。我要买什么？我什么都不缺，我拥有一街晚秋的阳光，以及免费的沉实浓馥的木香。要快乐，所需要的东西是多么出人意外的少啊！

我七岁那年，在南京念小学，我一直记得我们的校长。二十五年之后我忽然知道她在台北一所五专做校长，我决定去看看她。

校警把我拦住，问我找谁，我回答了她。他又问我找她干什么，我忽然支吾而不知所答。我找她干什么？我怎样使他了解我“不干什么”，我只是冲动地想看看二十五年前升旗台上一个亮眼的回忆，我只想把二十五年来还没有忘记的校歌背给她听，并且想问问她当年因为幼小而唱走了音的是什么字——这些都算不算事情呢？

一个人找一个人必须“有事”吗？我忽然感到悲哀起来。那校警后来还是把我放了进去。我见到我久违了四分之一世纪的一张脸，我更爱她——因为我自己也已经做了十年的老师。她也非常讶异而快乐，能在久违之余一同活着一同燃烧着，是一件可惊可叹的事。

儿子七岁了，忽然出奇地想建树他自己。有一天，我要他去洗手，他拒绝了。

“我为什么要洗手？”

“洗手可以干净。”

“干净又怎么样？不干净又怎么样？”他抬起调皮的晶亮眼睛。

“干净的小孩子才有人喜欢。”

“有人喜欢又怎么样？没有人喜欢又怎么样？”

“有人喜欢将来才能找个女朋友啊！”

“有女朋友又怎么样？没有女朋友又怎么样？”

“有女朋友才能结婚啊！”

“结婚又怎么样？不结婚又怎么样？”

“结婚才能生小娃娃，妈妈才有孙子抱哪！”

“有孙子又怎么样？没有孙子又怎么样？”

我知道他简直为他自己所新发现的句子构造而着迷了。我知道那只是小儿的戏语，但也不由得不感到一阵生命的悲凉。我对他说：

“不怎么样！”

“不怎么样又怎么样？怎么样又怎么样？”

我在瞠目不知所对中感到一种敬意。他在成长，他在强烈地想要建树起他自己的秩序和价值。我感到一种生命深处的震动。

虽然我不知道怎样回答他的问题，虽然我不知道用什么方法使一个小男孩喜欢洗手，但有一件事我们彼此都知道：我仍然爱他，他也仍然爱我。我们之间仍然有无穷的信任和尊敬。

那夜的烛光

临睡以前，晴晴赤脚站在我面前说：

“妈妈，我最喜欢的就是台风。”

我有一点生气。这小捣蛋，简直不知人间疾苦，每刮一次大风，有多少屋顶被掀跑，有多少地方会淹水，铁路被冲断，家庭主妇望着六十元一斤的小白菜生气……而这小女孩却说，她喜欢台风。

“为什么？”我尽力压住性子。

“因为有一次台风的时候停电……”

“你是说，你喜欢停电？”

“停电的时候，你就去找蜡烛。”

“蜡烛有什么特别的？”我的心渐渐柔和下来。

“我拿着蜡烛在屋里走来走去，你说我看起来像小天使……”

那是多年前的事了吧？我终于在惊讶中静穆下来。她一直记得我的一句话，而且因为喜欢自己在烛光中像天使的那份感觉，她竟附带着也喜欢了台风之夜。

也许，以她的年龄，她对天使是什么也不甚了然，她喜欢的只是我那夜称赞她时郑重而爱宠的语气。一句不经意的赞赏，竟使时光和周围情境都变得值得追忆起来，多可回溯的画面啊！那夜，有一个小女孩相信自己像天使；那夜，有一个母亲在淡淡的称许中，制造了一个天使。

念你们的名字

——寄阳明医学院大一新生

孩子们，这是八月初的一个早晨，美国南部的阳光和煦而透明，流溢着一种让久经忧患的人鼻酸的、古老而宁静的幸福。助教把期待已久的发榜名单寄来给我，一百二十个动人的名字，我逐一地念着，忍不住覆手在你们的名字上，为你们祈祷。

在你们未来七年漫长的医学教育中，我只教授你们八个学分的国文，但是，我渴望能教你们如何做一个人，以及如何做一个中国人。

我愿意再说一次，我爱你们的名字！名字是天下父母满怀热望的刻痕，在万千中国文字中，他们所找到的是一两个最美丽、最醇厚的字眼——世间每一个名字都是一篇简短、质朴的祈祷！

“林逸文”“唐高骏”“周建圣”“陈震寰”，你们的父母多么期望你们是一个出类拔萃的孩子。“黄自强”“林敬德”“蔡笃义”，多少伟大的企盼在你们身上。“张鸿仁”“黄仁辉”“高泽仁”“陈宗仁”“叶宏仁”“洪仁政”，说明儒家传统对仁德的向往。“邵国宁”“王为邦”“李建忠”“陈泽浩”“江建中”，显然你们的父母把你们奉献给苦难的中国。“陈怡苍”“蔡宗哲”“王世尧”“吴景农”“陆恺”，蕴涵着一个个古老圆融的理想。我常惊讶，为什么世人不能虔诚地细细体味另一个人的名字？为什么我们不懂得恭敬地省察自己的名字？每一个名字，或雅或俗，都自有它的意义和爱心倾注。如果我们能用细腻的领悟力去叫别人的名字，我们便能更好地互敬互爱，这世界也可以因此而更美好。

这些日子以来，也许你们的名字已成为桑梓邻里间一个幸运的符号，许多名望和财富的预期已模模糊糊和你们的名字联系在一起，许多人用钦慕的眼光望着你们，一方无形的匾已悬在你们的眉际。有一天，医生会成为你们的第二个名字。但是，孩子们，什么是医生呢？一件比常人所穿更白的衣服？一笔更有保障的收入？一个响亮而荣耀的名字？孩子们，在你们不必讳言的快乐里，抬眼望望你们未来的路吧。

什么是医生呢？孩子们，当一个生命在温湿柔韧的子宫中悄然成形时，你，是第一个宣布这神圣事实的人。当那蛮横的小东西在尝试转动时，你是第一个窥得他在另一个世界的心跳的人。当他陡然冲入这世界，是你的双掌接住那华丽的初啼，是你，用许多防疫针把成为正常人的权利给了婴孩，是你，辛苦地拉动一个初生儿的船纤，让他开始自己的初航。当小孩半夜发烧时，你是那些母亲理直气壮打电话的对象。一个外科医生常像周公旦一样，是一个在简单的午餐中三次放下食物走进急救室的人。有时候，也许你只需为病人擦一点红药水，开几粒阿司匹林；也有时候，你必须为病人切开肌肤，拉开肋骨，拨开肺叶，将手术刀伸入一颗深藏在胸腔中的鲜红心脏；有的时候，你甚至必须忍受眼看血癌吞噬一个稚嫩无辜的孩童而束手无策的裂心之痛！一个出名的学者来见你的时候，可能只是一个脾气暴烈的牙痛病人；一个成功的企业家来见你的时候，可能只是一个气结的哮喘病人；一个伟大的政治家来见你的时候，也许什么都不是，他只剩下一口气，拖着一个中风后瘫痪的身体；挂号室里美丽的女明星，或者只是一个长期失眠、神经衰弱、有自杀倾向的患者……你陪同病人走过生命中最黯淡的时刻，你倾听垂死者的最后一声呼吸，探察他的最后一次心跳。你开列出生证明书，你在死亡证明书上签字，你的脸写在婴儿初闪的瞳人中，也写在垂死者最后的凝望里。你陪同人类走过生老病死，你扮演的是一个怎样的角色啊！一个真正的医生怎能不是一个圣者？

事实上，成为一个医者的过程正是一个苦行僧修炼的过程。你需要学多少东西才能使自己免于无知，你要保持怎样的荣誉心才能使自己免于无行，你要几度犹豫才能狠下心拿起解剖刀切开第一具尸体，你要怎样自省才能在医治过千万个病人之后，使自己免于职业性的冷漠和无情！在成为一个医者之前，第一个需要被医治的，应该是我们自己。在一切的给予之前，让我们先拥有。

孩子们，我愿意把那则古老的神农氏尝百草的神话再说一遍。神话是无稽的，但令人动容的是一个行医者的投入精神，以及那种人饥己饥、人溺己溺、人病己病的同情心。身为一个现代的医生，当然不必一天中毒七十余次，但贴近别人的痛苦，体谅别人的忧伤，以一个单纯的“人”的身份，怀着恻隐之心探看另一个身罹疾病的“人”，仍是可贵的。

记得那个“悬壶济世”的故事吗？“市中有老翁卖药，悬一壶于肆头，及市罢，辄跳入壶中，市人莫之见……”那老人的药事实上应该解释成他自己。

孩子们，这世界上不缺乏专家，不缺乏权威，缺乏的是一个“人”，一个肯把自己给出去的人。当你们帮助别人时，请记住医药是有时而穷的，唯有不竭的爱能照亮一个受苦的灵魂。古老的医术中不可或缺的是“探脉”，我深信那样简单的动作里蕴藏着一些神秘的象征意义。你们能否想象一个医生用敏感的指尖去探触另一个人脉搏的神圣画面？

因此，孩子们，让我们怵然自惕，让我们清醒地推开别人加给我们的金冠，而选择长程的劳瘁。诚如耶稣基督所说：“非以役人，乃役于人。”真正伟人的双手并不浸在甜美的花汁中，而常忙于处理一片恶臭的脓血；真正伟人的双目并不凝望最挺拔的高峰，他们常俯下身来察看一个卑微的贫民的病容。孩子们，让别人去享受“人上人”的荣耀，我只祈求你们善尽“人中人”的天职。

我曾认识一个年轻人，多年后我在纽约遇见他。他开过计程车，做过跑堂，尝试过各式各样的谋生手段，但他仍在认真地念社会学，而且还在办杂志。一别数年，恍如隔世，但最令我感到安慰的是，当我们一起走过曼哈顿的时候，他无愧地说：“我还保持着当年那一点对人的关怀，对人的好奇，对人的执着。”其实，不管我们研究什么，可贵的仍是对人的诚意。我们可以用赞叹的手臂拥抱一千条银河，但当那灿烂的光流贴近我们的前胸，其中最动人的音乐仍是雄浑、坚实的人类的心跳！孩子们，尽管人类制造了许多邪恶，但人体还是天真的、可尊敬的、奥妙的神迹。生命是壮丽的、强悍的，一个医生不是生命的创造者，他只是协助生命神迹保持其本来秩序的人。孩子们，请记住，你们每一天所遇见的不仅是人的病，也是病的人，是人的眼泪，人的微笑，人的故事！

窗外是软碧的草茵，孩子们，你们的名字浮在我心中，我浮在四壁书香里，书浮在暗红色的古老图书馆里，图书馆浮在无际的紫色花浪间，这是一个美丽的校园。客中的岁月看尽异国的异景，我所缅怀的仍是台北三月的杜鹃。孩子们，我们不曾有一个古老而幽美的校园，我们的校园等待你们的足迹让它变得美丽。

孩子们，我祈求全能者以广大的天心包覆你们，让你们懂得用爱心去托住别人；祈求造物主给你们内在的丰富，让你们懂得如何去分给别人。某些医生永远只能收到医疗费，我愿你们收到的更多——我愿你们收到别人的感念。

念你们的名字，在乡心隐动的清晨。我知道有一天将有别人念你们的名字，在一片黄沙飞扬的乡村小路上，或者在曲折迂回的荒山野岭间，将有人以祈祷的嘴唇，默念你们的名字……

遇见

一个久晦后的五月清晨，四岁的小女儿忽然尖叫起来。

“妈妈！妈妈！快点来呀！”

我从床上跳起，直奔她的卧室，她已坐起身来，一语不发地望着我，脸上浮起一层神秘诡异的笑容。

“什么事？”

她不说话。

“到底是什么事？”

她用一只肥匀的有着小肉窝的小手，指着窗外，而窗外什么也没有，除了另一座公寓的灰壁。

“到底什么事？”

她仍然秘而不宣地微笑，然后悄悄地透露一个字。

“天！”

我顺着她的手望过去，果真看到那片蓝过千古而仍然年轻的蓝天，一尘不染令人惊呼的蓝天，一个小女孩在生字本上早已认识却在此刻仍然不觉吓了一跳的蓝天，我也一时愣住了。

于是，我安静地坐在她的旁边，两个人一起看那神迹似的晴空，平常是一个聒噪的小女孩，那天竟也像被震慑住了似的，流露出虔诚的沉默。透过惊讶和几乎不能置信的喜悦，她遇见了天空。她的眸光自小窗口出发，响亮的天蓝从那一端出发，在那个美丽的五月清晨，它们彼此相遇了。那一刻真是神圣，我握着她的小手，感觉到她不再只是从笔画结构上认识“天”，她正在惊讶赞叹中体认了那份宽阔、那份坦荡、那份深邃——她面对面地遇见了蓝天，她长大了。

那是一个夏天的长得不能再长的下午，在印第安纳州的一个湖边，我起先是不经意地坐着看书，忽然发现湖边有几棵树正在飘散一些白色的纤维，大团大团的，像棉花似的，有些飘到草地上，有些飘入湖水里，我仍然没有十分注意，只当偶然风起所带来的。

可是，渐渐的，我发现情况简直令人暗惊，好几个小时过去了，那些树仍旧浑然不觉地在飘送那些小型的云朵，倒好像是一座无限的云库似的。整个下午，整个晚上，漫天漫地都是那种东西，第二天情形完全一样，我感到诧异和震撼。

其实，小学的时候就知道有一类种子是靠风力靠纤维播送的，但也只是知道一条测验题的答案而已。那几天真的看到了，满心所感到的是一种折服，一种无以名之的敬畏，我几乎是第一次遇见生命——虽然是植物的。

我感到那云状的种子在我心底强烈地碰撞上什么东西，我不能不被生命豪华的、奢侈的、不计成本的投资所感动。也许在不分昼夜地飘散之余，只有一颗种子足以成树，但造物者乐于做这样惊心动魄的壮举。

我至今仍然常在沉思之际想起那一片柔媚的湖水，不知湖畔那群种子中有哪一颗种子成了小树，至少我知道有一颗已经长成，那颗种子曾遇见了一片土地，在一个过客的心之峡谷里，蔚然成荫，教会她，怎样敬畏生命。

回到家里

去年暑假，我不解事的小妹妹曾悄悄地问起母亲：

“那个晓姐姐，她怎么还不回她台北的家呢？”

原来她把我当成客人了，以为我的家在台北。这也难怪，我离家读大学的时候，她才三岁，大概这种年龄的孩子，对于一个每年只在寒暑假才回来的人，难免要产生“客人”的错觉吧？

这次，我又回来了，回来享受主人的权利，外加客人的尊敬。

三轮车在月光下慢慢地踏着，我也无意催他。在台北想找一个有如此雅兴的车夫，倒也不容易呢。我悠闲地坐在许多行李中间，望着星空，望着远处的灯光，望着朦胧的夜景，感到一种近乎出世的快乐。

车子行在空旷的柏油路上，月光下那马路显得比平常宽了一倍。浓郁的稻香飘荡着，那醇厚的香气，就像有固着性似的，即使面对着一辆开过来的车子，也不会退却的。

风，有意无意地吹着。忽然，我感到某种极轻柔的东西吹落在我的颈项上，原来是一朵花儿。我认得它，这是从凤凰木上落下来的，那鲜红的瓣儿，让人觉得任何树只要拼出血液来凝成这样一点的红色，便足以心力交瘁而死去了。但当我猛然抬首的当儿，却发现每棵树上竟都聚攒着千千万万片的花瓣，在月下闪着璀璨的光与色，这种气派绝不是人间的！我不禁痴痴地望着它们，夜风里不少瓣儿都辞枝而落，于是，在我归去的路上便铺上一层豪华美丽的红色地毯了。

车在一家长着大榕树的院落前面停了下来，我递给他十元，他只找了我五元就想走了，我不说什么，依旧站着不动，于是他又找了我一块钱，我才提着旅行袋走回去。我怎么会上当呢？这是我的家啊！

出来开门的是大妹，她正为大学联考在夜读，其余的人都睡了。我悄悄走入寝室，老三醒了，揉揉眼睛，说："呀，好漂亮！"便又迷迷糊糊地入梦了。我漂亮吗？我想这到底是回家了，只有家里，每一个人才都是漂亮的，没有一个妹妹会认为自己的姐姐丑，我有一个朋友，她的妹妹竭力怂动她，想让她去竞选中国小姐呢！

第二天我一醒来，柚子树的影子在纱窗上跳动了，柚子树是我十分喜欢的，即使在不开花的时候，它也散布着一种清洁而芳香的气味。我推枕而起，看到柚子树上居然垂满了新结的柚子，那果实带着一身碧绿，藏在和它同色的叶子里，多么可佩的态度，当它还没有成熟的时候，它便谦逊地隐藏着，一直到它个体庞大了，果汁充盈了，才肯着上金色的衣服，把自己献给人类。

这时，我忽然听到母亲的声音，她说：

"你去看看，是谁回来了。"

于是门开了，小妹妹跳了进来。

"啊，晓姐姐晓姐姐，"她的小手便开始来拉我了，"起来吃早饭，我的凳子给你坐。"

"谁要我坐他的凳子，就得给我一毛钱。"我说。

"我有一毛，你坐我的。"弟弟很兴奋地叫起来。

"等一下我就有五毛了，你先坐我的，一会儿就给你。"

我奇怪这两个常在学校里因为成绩优异而得奖了的孩子，今天竟连这个问题也搞不清楚了。天下哪有坐别人座位还要收费的道理？也许因为这是家吧，在家里，许多事和世界上的真理是不大相同的。

刚吃完饭，一部脚踏车倏然停在门前，立刻，地板上便响起一阵赛跑的脚步声。

“这是干什么的？”没有一个人理我，大家都向那个人跑去。

于是我看到一马领先的小妹妹从那人手里夺过一份报纸，很得意地回来了，其余的人没有抢到，只好做退一步的要求：

“你看完给我吧！”

“再下来就是我。”

“然后是我。”

乱嚷了一阵，他们都回来了，小妹妹很神秘地走进来，一把将报纸塞在我手里。

“给你看，晓姐姐。”

“我没有说报纸啊！”

“你说了的！”

“我不知道，没有报纸啊！”她傻傻地望着我。

“你刚才到底说什么？”

“说包‘挤’”。她用一根肥肥的手指指着我枕旁的纸包，我打开来一看，是个热腾腾的包子。原来她把“子”说成“挤”了，要是在学校里，老师准会骂她的，但这里是家，她便没有受磨难的必要了，家里每一个人都原谅她，认为等她长大了，牙齿长好了，自然会说清楚的。

我们家里常有许多小客人，这或许是因为我们客厅中没有什么高级装潢的缘故，我们既没有什么古瓶、宫灯或是地毯之类的饰物，当然也就不在乎孩子们近乎野蛮的游戏了，假如别人家里是“高朋满座”的话，我们家里应该是“小朋满座”了。这些小孩每次看到我，总显得有几分畏惧，每当这种时候，我常想，我几乎等于一个客人了，但好心的弟弟每次总能替我解围。

“不要怕，她是我姐姐。”

“她是干什么的？”

“她上学，在台北，是上大学呢！”

“这样大还得上学吗？”

“你这人，”弟弟瞪了他两眼，“大学就是给大孩子上的，你知不知道？大学，你要晓得，那是大学，台北的大学。”

弟弟妹妹多，玩起游戏来是比较容易的，一天，我从客厅里走过，他们正在玩着“扮假家”的游戏，他们各人有一个家，家中各有几个洋娃娃充作孩子，弟弟扮一个医生，面前放着许多瓶瓶罐罐，聊以点缀他寂寞的门庭。我走过的时候他竭力叫住我，请我去看病。

“我没病！”说完我赶快跑了。

于是他又托腮长坐，当他一眼看到老三经过的时候，便跳上前去，一把捉住她；

“来，来，快来看病，今天半价。”

老三当然拼命挣扎，但不知从哪里钻出许多小鬼头，合力拉她，最后这健康的病人，终于坐在那个假医生的诊所里了，看她那一脸愁容，倒像是真的病了呢，做医生的用两条串好的橡皮筋，绑着一个酱油瓶盖，算是听诊器，然后又装模作样地摸了脉，便断定该打盐水针。所谓盐水针，上端是一个高高悬着的水瓶，插了一根空心的塑胶线，下面垂着一枚亮晶晶的大钉子，居然也能把水引出来。他的钉尖刚触到病人的胳臂，她就大声呼号起来，我以为是戳痛了，连忙跑去抢救，却听到她断断续续地说：

“不行，不行，痒死我了。”

打完了针，医生又给她配了一服药，那药原来是一把拌了糖的番石榴片，世界上有这样可爱的药吗？我独自在外的时候，每次病了，总要吃些像毒物一样可怕的药。哦，若是在那时能有这样可爱的医生伴着我，我想，不用打针或吃番石榴片，我的病也会痊愈的。回家以后，生活极其悠闲，除了读书睡觉外，便是在庭中散步。庭院中有好几棵树，其中最可爱的便是芒果树，这是一种不能以色取胜的水果，我喜欢它那种极香的气味。

住在宿舍的时候，每次在长廊上读书，往往看到后山上鲜红的莲雾。有一次，曹说：“为什么那棵树不生得近一点呢？”事实上，生得近也不行啊，那是属于别人的东西。如果想吃，除了付钱就没有别的法子了，这个世界有太多的法律条文，把所有权划分得清楚极了，谁也不能碰谁的东西，只有在家里，在自己的家里，我才可以任意摘取，不会有人责备我，我是个主人啊！

回家以后唯一遗憾的，是失去了许多谈得来的朋友，以前我们常在晚餐后促膝谈心的。那时我们的寝室里经常充满了笑声，我常喜欢称她们为我“亲爱的室民”，而如今，我所统治的“满室的快乐”都暂时分散了。前天，我为丹寄去一盒芒果，让她也能分享我家居的幸福。家，实在太像一只朴实无华而又饱含着甜汁的芒果呢！

我在等，我想不久她的回信就会来的，她必会告诉我，她家中许多平凡而又动人的故事。我真的这样相信：每个人，当他回到自己家里的时候，一定会为甜蜜和幸福所包围的。

我们才不要去管它什么毕业不毕业的鬼话

今年，我的女儿大学毕业，就某种错觉而言，我会觉得今年毕业的，都是我的小孩。那么，我亲爱的小孩，我来和你说段故事吧：

十七岁那年的某个夏夜，我因参加一项考试而投宿在一间简陋的客栈里。半夜，同学睡了，我还在读书。忽然，我觉得房间里有些异样，但并不可怕，抬头一看，原来有一根瓜藤，正在窗格间游走——我的天，它通体晶莹剔透，像一条活生生的青蛇，正昂首吐信，探索而前。它的柔须纤弱如丝，却又强悍如钢，我看呆了。也不知是不是由于某种错觉，我竟听见它噗噗的脚步声。

瓜藤会生长，我当然是明白的，但一向都只是个概念性的知识。这一次不同，我竟眼睁睁看见它一寸寸把自己拉长，拉远，并且因而扩张了自己的疆界。原来植物有的时候简直也可以是动物的。许多年过去了，我一直不能忘记那瓜藤在黑夜中探索而前时令人心悸的颤动，对我而言，那幅画面大可题名为“青春”。

是的，青春，渴于探索叩路的青春。渴于求知，渴于了解，渴于爱和被爱，渴于出发，一再出发。

毕业？我不知道什么叫“毕业”，我知道的是另一种东西，名叫

“探索”。嘘，我告诉你一项秘密，我们才不要去管它什么毕业不毕业的鬼话，我们来关心自己的探索生涯吧！

像一根夏季的瓜藤，在深夜时分喜滋滋地游走探路，每个时辰，它都在长成壮大，每一分钟，它都不同于前一分钟的自己，每一秒钟，它都更旺更绿。

如果你决定要做个毕业生，那随你；至于我，我仍然决定要做那根兴冲冲地往前猛生猛窜的蔓藤。

小小的烛光

他的头发原来是什么颜色已经很费猜了，因为它现在是纯粹的珠银白。

他的身材很瘦小，比一般中国人还要矮上一截。加上白色的头发，如果从后面看上去，恐怕没有人会想到他是美国人——我多么希望他不是美国人。每次，当我怀着敬畏的目光注视他，我心里总羼合着几分嫉妒、几分懊恼、几分痛苦。为什么，当我发现一个人，禀赋了我所钦慕的诸般美德，而他却偏偏是一个美国人呢？为什么在我心中那个非常接近完美的人，竟不属于我自己的民族？

他已经很老了，听说是六十七。他看起来也并不比实际岁数年轻。当然，如果他也学中国老头的样子，坐在大躺椅里抱孙子玩，闲来就和一般年纪的人聊天喝酒，或是戴着老花眼镜搓麻将，那么，他也许看起来不致这么憔悴吧！

他身上所有的东西大概也都落伍二十年了，细边的眼镜，宽腿的裤子，带着长链子的怀表，以及冬天里很古怪的西装。每在走廊上碰面，我总要偷偷地看他几眼，那些古老的衣物好像从来也没有进步的迹象。我常常怀疑，他究竟藏有多少条这种可笑的裤子？为什么永远也穿不完呢?

他颈上的皱褶很深很粗，脸上的皮肤显然也有挂下来的趋势。如果要把那些松弛的地方重新撑饱满，恐怕还得三十磅肉呢！他有一个很尖峭的鼻子——那大概就他唯一不见皱纹的地方了。他的眼光很清澈，稍微有点严厉，长方带尖的脸型衬着线条很分明的薄嘴唇，嘴角很倔强地向下拢着，向里陷着。使他整个的容貌都显露出一种罕见的贵族气质。

那年，我是二年级，他就到学校来了。他是来接任系主任的。可是他刚来几天就贴出海报要招募合唱团员，我当时很从心里怜悯他，不过也有几分认为他是太幼稚太不明实况。其实当个系主任就够忙的了，何苦又自己另找罪受，他所征来的那批人马，除了少数几个，大部分连五线谱都认不清楚的。每天中午休息的时候，他们就在二楼靠边的那间教室里练习。一首歌翻来覆去地唱了有个把月，把每个人的耳朵都听腻了，他们还是唱不准。后来记不清有一次怎样的集会，他们居然正式登台了。唱的就是那首人人已经听够了的歌。老桑先生急得一面指挥一面用他以前在大陆上学过的苏州话帮腔，结果还是不理想。其实那次失败并不意外——甚至我想连他自己也不会觉得有什么意外的。

意外的是四年后一个美丽的春天晚上。我被邀请坐在学校的大礼堂里。紫红绒的帷幕缓缓拉开，灿烂的花篮在台上和台下微笑着，节目单很有分量地沉在我的手中，优雅的管弦乐在台上奏着，和谐的四重唱缭绕而弥漫。我不能不感到惊讶，我不知道，我真不知道，这些年来，他用的是怎样的一根指挥棒。

他又是个极仔细的人。那时候学校宿舍还没盖好，所有的女生都借住在阳明山腰的一个夏令营地时，山上的蚊虫很多，我们经常是体无完肤的。有一次，他到山上看我们，饭后大家坐在饭厅里，他的眼睛盯在那两扇纱门上，看来往的同学怎样开关它。其实大部分的同学是只管开门不管关门的。许多人只顾走进走出，然后就随便由自动弹簧去使它合上了。他看了一会儿，站起来。我还以为他要发表有关生物学的演讲呢——他学的是生物——不料他很严肃地直走到纱门前。

"知道为什么有这么多的蚊子吗？"他的目光四下巡视，没有人说话，他指着不甚合拢的门说，"门不是这样关的，这样一定有缝。"

他重新把门摊开，先关好其中第一扇，然后把第二扇紧紧地合上去，最后又用力一拉。纱门合拢了，连空气都不夹呢！他满意地微笑，又沉默地退到座位上去了。

我特别喜欢看他坐在书库里的样子。这两年来，学校不断地扩充，图书馆的工作不免繁复而艰巨，要把一个贫乏的，没有组织、没有系统的图书馆重头建设起来，真需要不少的魄力呢？我真不晓得他为什么又和这种工作发生了关系。那年我被分到图书馆做工读生，发现所有的旧次序都需要另编，真让我不胜惊骇。每次，当编排书目的时候，他好像总在那里。安静的，穿着一身很干净的浅颜色衣服，坐在高高的书架下面，很仔细地指导工作。他的样子很慎重，也很怡然。日子久了，偶然走进书库如果他不在那里，我好像也能看见一个银发的影子坐在那儿。好几次，我很冲动地想告诉他那四个字——皓首穷经。但我终于没有说，用文字去向一个人解说他已经了解、已经践行的真理，实在有点可笑。

想他是很孤单的，虽然他那样忙。桑夫人已经去世多年了，学校里设有一个桑夫人纪念奖学金。我四年级的时候曾经得到它。那天，他在办公室见我，用最简单的句子和我说话。他说得很慢，并且常常停下来，尽可能地思索一个简单的词汇——后来我渐渐知道这是他和中国人说话的习惯。其实他的苏州话说得不错，只是对大多数的学生而言，听英文比听苏州话还容易一些！

“哦，是你吗？”他和我握手，我忽然难受起来，我使他想起他的亡妻了。我觉得那样内疚。

“我要一张你的照片，”他很温和地说，“那个捐款的人想看看你。”

“好，”我渐渐安定下来，“下礼拜我拿给你。”

“我可以付洗照片的钱。”他很率真地笑着。

“不，我要送给你！”

那次以后，我常常和他点点头，说一句“早安”或是“哈罗”。后来我毕业了，仍旧留在学校里，接近他的机会更多了。我才发现，原来他那清澈的双目中有一只是瞎了的！那天我和他坐在一辆校车里，他在中山北路下车。他们系里的一个助教慌忙地把头伸出窗外。

“桑先生。”他叫着，“今天坐计程车回去吧，不要再坐巴士了。”

他回过脸来，像一个在犯错的边缘被抓到的孩子，带着顽皮的笑容点了点头。

“你看，他就是这样。人病着，还不肯停。”那助教对我说，“并且他有一只眼已经失明了，还这样在街上横冲直撞的，叫人担心。”

我忽然觉得喉头被什么哽咽住了，他瞎了一只眼！难怪他和人打招呼的时候总是那样迟钝，难怪他下楼梯的时候显得那样步履维艰。他必定忍受了很大的痛苦，什么都不为，什么都不图，这是何苦来呢！

“只有受伤者，才能安慰人。”或许这就是上帝准许他盲目的唯一解释。学生有了困难，很少不去麻烦他的。常常看他带着一个学生走进办公室来，慢慢地说：“这个男孩他需要帮助。”他说话的时候每每微佝着腰，一只手搭在那学生的肩膀上，他的眼光透过镜片，透露出深切真挚的同情——以致让我觉得他不可能瞎过，他总让我不由自已地想起一句话："从来没有一个人，像屈身帮助一个孩子的人那样直。"

他所唯一帮不上忙的工作，恐怕就是为想放洋的人写介绍信了。有一次，吴气急败坏地来找我。

"我托错人了，人家都说我太糊涂，"她说得很快，不容我插嘴，"你知道，人家说凡是请他写介绍信的，就没一个申请了，我也没希望了。我事前一点不晓得，只当他是个大好佬呢！"

"你知道，他也写得太老实了，唉，这种教徒真是没办法，一点谎都不撒。"她接着说，气势逐渐弱了，"你说，写介绍信怎么能不吹嘘呢？何必那么死心眼？你说，这种年头……"

她走后办公室里剩下我一个人。想象中仿佛能看到他坐在对面的办公室里，面对着打字机，一个字母一个字母地斟酌，要写封诚实无讹的介绍信。但他也许不会知道，诚实并不被欢迎。

他的生活很简单，除了星期天，他总是忙着。有时偶然碰到放假，我到办公室去看他一眼，他竟然还在上班，打字机的声音响在静静的走廊上，显得很单调。

他爱写一些诗，有几首刊载出来的我曾经看过，但我猜想那是多年以前写的了，这些年来，他最喜欢的恐怕还是音乐。他有一架大钢琴，声音很好，也很漂亮。放在大礼堂里，从来不让人碰。去夏令会的时候，学音乐的徐径自跑上去弹，工友急忙跑来阻止。他很严重地叫道："桑先生听见要生气的！"

"弹下去，孩子。"另一个声音忽然温和地响起，那双流露着笑意的眼睛闪着，是桑先生自己来了，"你叫什么名字，你弹得真好。"

我不由想起那古老的瑶琴的故事。

后来有一次在中山堂听音乐，徐忽然跑过来，指着前面说："瞧，那不是你们的老桑先生吗？他，很可爱。”

“是的，我们的老桑先生，”我不觉讷讷地重复着徐的话，“他很可爱。”

我想，徐已经了解我说的是什么了。

节目即将开始，我却不自禁地望着他的背影，那白亮的头发，多沟纹的后颈，瘦削的肩膀。我不由想起俄曼在《青春》一文中开头的几句话：“青春并不完全是人生的一段时光——它是一种心理的状态。它并不完全指丰润的双颊、鲜红的嘴唇，或是伸屈自如的腿胫。而是意志的韧度、理想的特质、情感的蓬勃。在深远的人生之泉中，它是一股新鲜沁凉的清流。”我觉得，他是那样年轻。这时他发现了我，回头一笑。在那安静自足的笑容里，我记起上次院长和我谈他的话了。

“你看他说过话吗？不，他不说话的，他只是埋着头做事。有一次我问：‘桑先生，你这样干下去，如果有一天穷得没饭吃怎么办？’他很郑重地用苏州话说：‘我喝稀饭。’‘稀饭也没得喝呢？’‘我喝开水！’”

我忍不住抵了身旁的德一下。

“这是为什么呢？德，”我指了指前面的桑先生，“一个人孤零零地、颤巍巍地绕过半个地球，住在另外一个民族里面，听另外一种语言，吃另外一种食物。没有享受，只有操劳；没有聚敛，只有付出。病着、累着、半瞎着、强撑着，做别人不在意的工作，人家只把道理挂在嘴上说说，笔下写写，他倒当真拼着命去做了，这，是何苦呢？”

“我常想，”德带着沉思说，“他就像《马太福音》书里所说的那种光，点着了，放在高处。上面被烧着，下面被插着——但却照亮了一家的人，找着了许多失落的东西。”

灯忽然熄了，节目开始，会场立刻显得空旷而安静。台上的光很柔和，音乐如潮水，在大厅中回荡着。而在这一切之中和这一切之外，我看到一支小小的烛光，温柔而美丽，亮在很高很高的地方。

第五辑　我喜欢

玉想

1. 只是美丽起来的石头

一向不喜欢宝石——最近却悄悄地喜欢了玉。

宝石是西方的产物，一块钻石，割成几千几百个“割切面”，光线就从那里面激射而出，势凌厉，美得几乎具有侵略性，使我不得不提防起来。我知道自己无法跟它的凶悍逼人相埒，不过至少可以决定“我不喜欢它”。让它在英女王的皇冠上闪烁，让它在展览会上伴以投射灯和响尾蛇（防盗用）展出，我不喜欢，总可以吧！

玉不同，玉是温柔的，早期的字书解释玉，也只说：“玉，石之美者。”原来玉也只是石，是许多混沌的生命中忽然脱颖而出的那一点灵光。正如许多孩子在夏夜的庭院里听老人讲古，忽有一个因洪秀全的故事而兴天下之想，遂有了孙中山。又如溪畔群童，人人都看到活泼泼的逆流而上的小鱼，却有一个跌入沉思，想人处天地间，亦如此鱼，必须一身逆浪，方能有成，只此一想，便有了蒋中正。所谓伟人，其实只是在游戏场中忽有所悟的那个孩子。所谓玉，只是在时间的广场上因自在玩耍竟而得道的石头。

2. 克拉之外

钻石是有价的，一克拉一克拉地算，像超级市场的猪肉，一块块皆有其中规中矩秤出来的标价。

玉是无价的，根本就没有可以计值的单位。钻石像谋职，把学历经历乃至成绩单上的分数一一开列出来，以便叙位核薪。玉则像爱情，一个女子能赢得多少爱情完全视对方为她着迷的程度，其间并没有太多法则可循。以撒辛格（诺贝尔奖得主）说："文学像女人，别人为什么喜欢她以及为什么不喜欢她的原因，她自己也不知道。"其实，玉当然也有其客观标准，它的硬度，它的昌莹、柔润、缜密、纯全和刻工都可以讨论，只是论玉论到最后关头，竟只剩"喜欢"两字，而喜欢是无价的，你买的不是克拉的计价而是自己珍重的心情。

3. 不须镶嵌

钻石不能佩戴，除非经过镶嵌，镶嵌当然也是一种艺术，而玉呢？玉也可以镶嵌，不过却不免显得"多此一举"，玉是可以直接做成戒指镯子和簪笄的。至于玉坠、玉佩所需要的也只是一根丝绳的编结，用一段千回百绕的纠缠盘结来系住胸前或腰间的那一点沉实，要比金属性冷冷硬硬的镶嵌好吧？

不佩戴的玉也是好的，玉可以把玩，可以做小器具，可以做卑微的去搔善，亦可用以象征富贵吉祥的"如意"，可做用以祀天的璧，亦可做示绝的玉，我想做个玉匠大概比钻石切割人兴奋快乐，玉的世界要大得多繁富得多，玉是既入于生活也出于生活的，玉是名士美人，可以相与出尘，玉亦是柴米夫妻，可以居家过日。

4. 生死以之

一个人活着的时候，全世界跟他一起活——但一个人死的时候，谁来陪他一起死呢？

中古世纪有出质朴简直的古剧叫《人人》（Every Man），死神找到那位名叫人人的主角，告诉他死期已至，不能宽待，却准他结伴同行。人人找“美貌”，“美貌”不肯跟他去，人人找“知识”，“知识”也无意到墓穴里去相陪，人人找“亲情”，“亲情”也顾他不得……

世间万物，只有人类在死亡的时候需要陪葬品吧？其原因也无非由于怕孤寂，活人殉葬太残忍，连土俑殉葬也有些居心不仁，但死亡又是如此幽阒陌生的一条路，如果待嫁的女子需要陪嫁来肯定来系连她前半生的娘家岁月，则等待远行的黄泉客何尝不需要陪葬来凭借来思忆世上的年华呢？

陪葬物里最缠绵的东西或许便是琀蝉了，蝉色半透明，比真实的蝉薄，向例是含在死者的口中，成为最后的，一句没有声音的语言，那句话在说：

“今天，我入土，像蝉的幼虫一样，不要悲伤，这不叫死，有一天，生命会复活，会展翅，会如夏日出土的鸣蝉……”

那究竟是生者安慰死者而塞入的一句话？抑或是死者安慰生者而含着的一句话？如果那是心愿，算不算狂妄的侈愿？如果那是谎言，算不算美丽的谎言？我不知道，只知道玉琀蝉那半透明的豆青或土褐色仿佛是由生入死的薄膜，又恍惚是由死返生的符信，但生生死死的事岂是我这样的凡间女子所能参破的？且在这落雨的下午俯首凝视这枚佩在自己胸前的被烈焰般的红丝线所穿结的玉玲蝉吧！

5. 玉肆

我在玉肆中走，忽然看到一块像蛀木又像土块的东西，仿佛一张枯涩凝止的悲容，我驻足良久，问道：

“这是一种什么玉？多少钱？”

“你懂不懂玉？”老板的神色间颇有一种抑制过的傲慢。

“不懂。”

“不懂就不要问！我的玉只卖懂的人。”

我应该生气应该跟他激辩一场的，但不知为什么，近年来碰到类似的场面倒宁可笑笑走开。我虽然不喜欢他的态度，但相较而言，我更不喜欢争辩，尤其痛恨学校里“奥瑞根式”的辩论比赛，一句一句逼着人追问，简直不像人类的对话，嚣张狂肆到极点。

不懂玉就不该买不该问吗？世间识货的又有几人？孔子一生，也没把自己那块美玉成功地推销出去。《水浒传》里的阮小七说：“一腔热血，只要卖与识货的！”谁又是热血的识货买主？连圣贤的光焰，好汉的热血也都难以倾销，几块玉又算什么？不懂玉就不准买玉，不懂人生的人岂不没有权利活下去了？

当然，玉肆的老板大约也不是什么坏人，只是一个除了玉的知识找不出其他可以自豪之处的人吧？

然而，这件事真的很遗憾吗？也不尽然，如果那天我碰到的是个善良的老板，他可能会为我详细解说，我可能心念一动便买下那块玉，只是，果真如此又如何呢？它会成为我的小古玩。但此刻，它是我的一点憾意，一段未圆的梦，一份既未开始当然也就不致结束的情缘。

隔着这许多年，如果今天玉肆的老板再问我一次是否识玉，我想我仍会回答不懂，懂太难，能疼惜宝重也就够了。何况能懂就能爱吗？在竞选中互相中伤的政敌其实不是彼此十分了解吗？当然，如果情绪高昂，我也许会塞给他一张从《说文解字》抄下来的纸条：

玉，石之美者，有五德。润泽以温，仁之方也；䚡理自外，可以知中，义之方也；其声舒扬，专以远闻，智之方也；不挠而折，勇之方也；锐廉而不忮，洁之方也。

然而，对爱玉的人而言，连那一番大声镗镗的理由也是多余的。爱玉这件事几乎可以单纯到不知不识而只是一团简简单单的欢喜。像婴儿喜欢清风拂面的感觉，是不必先研究气流风向的。

6. 瑕

付钱的时候，小贩又重复了一次：

“我卖你这玛瑙，再便宜不过了。”

我笑笑，没说话，他以为我不信，又加上一句：

“真的——不过这么便宜也有个缘故，你猜为什么？”

“我知道，它有斑点。”本来不想提的，被他一逼，只好说了，免得他一直啰唆。

“哎呀，原来你看出来了，玉石这种东西有斑点就差了，这串项链如果没有瑕疵，哇，那价钱就不得了啦！”

我取了项链，尽快走开。有些话，我只愿意在无人处小心地、断断续续地、有一搭没一搭地说给自己听：对于这串有斑点的玛瑙，我怎么可能看不出来呢？它的斑痕如此清清楚楚。

然而则买这样一串项链是出于一个女子小小的侠气吧，凭什么要说有斑点的东西不好？水晶里不是有一种叫“发晶”的种类吗？虎有纹，豹有斑，有谁嫌弃过它的毛不够纯色？

就算退一步说，把这斑纹算瑕疵，此间能把瑕疵如此坦然相呈的人也不多吧？凡是可以坦然相见的缺点就不该算缺点的，纯全完美的东西是神器，可供膜拜。但站在一个女人的观点来看，男人和孩子之所以可爱，正是由于他们那些一清二楚的无所掩饰的小缺点吧？就连一个人对自己本身的接纳和纵容，不也是看准了自己的种种小毛病而一笑置之吗？

所有的无瑕是一样的——因为全是百分之百的纯洁透明，但瑕疵斑点却面目各自不同。有的斑痕像藓苔数点，有的是砂岸逶迤，有的是孤云独走，更有的是铁索横江，玩味起来，反而令人忻然心喜。想起平生好友，也是如此，如果不能知道一两件对方的糗事，不能有一两件可笑可嘲可詈可骂之事彼此打趣，友谊恐怕也会变得空洞吧？

有时独坐细味“瑕”字，也觉悠然意远，瑕字左边是“玉”字，是先有玉才有瑕的啊！正如先有美人而后才有“美人痣”，先有英雄，而后有悲剧英雄的缺陷性格（tragicflaw）。缺憾必须依附于完美，独存的缺憾岂有美丽可言，天残地阙，是因为天地都如此美好，才容得修地补天的改造的涂痕。一个“坏孩子”之所以可爱，不也正因为他在撒娇撒赖蛮不讲理之处有属于一个孩童近乎神明的纯洁吗？

瑕的右边是“叚”，有赤红色的意思，瑕的解释是“玉小赤”，我喜欢“瑕”字的声音，自有一种坦然的不遮不掩的亮烈。

完美是难以冀求的，那么，在现实的人生里，请给我有瑕的真玉，而不是无瑕的伪玉。

7. 唯一

据说，世间没有两块相同的玉——我相信，雕玉的人岂肯去重复别人的创制。

所以，属于我的这一块，无论贵贱精粗都是天地间独一无二的。我因而疼爱它，珍惜这一场缘分，世上好玉千万，我却恰好遇见这块，世上爱玉人亦有万千，它却偏偏遇见我，但我们之间的聚会，也只是五十年吧？上一个佩玉的人是谁呢？有些事是既不能去想更不能嫉妒的，只能安安分分珍惜这匆匆的相属相连的岁月。

8. 活

佩玉的人总相信玉是活的，他们说：

“玉要戴，戴戴就活起来了哩！”

这样的话是真的吗？抑或只是传说臆想？

我不知道自己能不能把一块玉戴活，这是需要时间才能证明的事，也许几十年的肌肤相亲，真可以使玉重新有血脉和呼吸。但如果奇迹是可祈求的，我愿意首先活过来的是我，我的清洁质地，我的致密坚实，我的莹秀温润，我的斐然纹理，我的清声远扬。如果玉可以因人的佩戴而复活，也让人因佩戴玉而复活吧！让每一时每一刻的我莹彩暖暖，如冬日清晨的半窗阳光。

9. 石器时代的怀古

把人和玉、玉和人交织成一的神话是《红楼梦》，它也叫《石头记》，在补天的石头群里，主角是那三万六千五百零一块中多出的一块，天长日久，竟成了通灵宝玉，注定要来人间历经一场情劫。

他的对方则是那似曾相识的绛珠仙草。

那玉，是男子的象征，是对于整个石器时代的怀古。那草，是女子的表记，是对榛榛莽莽洪荒森林的思忆。

静安先生释《红楼梦》中的玉，说“玉”即“欲”，大约也不算错吧？《红楼梦》中含“玉”字的名字总有其不凡的主人，像宝玉、黛玉、妙玉、红玉，都各自有他们不同的人生欲求。只是那欲似乎可以解作英文里的want，是一种不安，一种需索，是不知所从出的缠绵，是最快乐之时的凄凉，最完满之际的缺憾，是自己也不明白所以的惴惴，是想挽住整个春光留下所有桃花的贪心，是大彻大悟与大栈恋之间的摆荡。

神话世界每每是既富丽而又高寒的，所以神话人物总要找一件道具或伴当相从，设若龙不吐珠，嫦娥没有玉兔，李聃失了青牛，果老没了肯让人倒骑的驴或是麻姑少了仙桃，孙悟空缴回金箍棒，那神话人物真不知如何施展身手了——贾宝玉如果没有那块玉，也只能做美国童话《绿野仙踪》里的“无心人”奥迪斯。

“人非木石，孰能无情”，说这话的人只看到事情的表象，木石世界的深情大义又岂是我们凡人所能尽知的。

10. 玉楼

如果你想知道钻石，世上有宝石学校可读，有证书可以证明你的鉴定力。但如果你想知道玉，且安安静静地做自己，并且肤发的温润、关节的玲珑、眼目的光澈、意志的凝聚、言笑的晴朗中去认知玉吧！玉即是我，所谓文明其实亦即由石入玉的历程，亦即由血肉之躯成为“人”的史页。

道家以目为银海，以肩为玉楼，想来仙家玉楼连云，也不及人间一肩可担道义的肩胛骨为贵吧？爱玉之极，恐怕也只是返身自重吧？

色识

颜色之为物，想来应该像诗，介乎虚实之间，有无之际。

世界各民族都具有“上界”与“下界”的说法，以供死者前往——独有中国的特别好辨认，所谓“上穷‘碧’落下‘黄’泉”。《千字文》也说“天地玄黄”，原来中国的天堂地狱或是宇宙全是有颜色的哩！中国的大地也有颜色，分五块设色，如同小孩玩的拼图版，北方黑，南方赤，西方白，东方青，中间那一块则是黄的。

有些人是色盲，有些动物是色盲，但更令人惊讶的是，据说大部分人的梦是无色的黑白片。这样看来，即使色感正常的人，每天因为睡眠也会让人生的三分之一时间失色。

中国近五百年来的画，是一场墨的胜利。其他颜色和黑一比，竟都黯然引退，好在民间的年画、刺绣和庙宇建筑仍然五光十色，相较之下，似乎有下面这一番对照：

成人的世界是素净的黯色，但孩子的衣着则不避光鲜明艳。

汉人的生活常保持渊沉的深色，苗瑶藏胞却以彩色环绕汉人提醒汉人。

平素家居度日是单色的，逢到节庆不管是元宵放灯或端午赠送香包或市井婚礼，色彩便又复活了。

庶民（又称“黔”首、“黎”民）过老态的不设色的生活，帝王将相仍有黄袍朱门紫绶金驾可以炫耀。

古文的园囿不常言色，诗词的花园里却五彩绚烂。

颜色，在中国人的世界里，其实一直以一种稀有的、矜贵的、与神秘领域暗通的方式存在。

颜色，本来理应属于美术领域，不过，在中国，它也属于文学。眼前无形无色的时候，单凭纸上几个字，也可以想见月落江湖“白”，潮来天地“青”的山川胜色。

逛故宫，除了看展出物品，也爱看标签，一个是“实”，一个是“名”，世上如果只有喝酒之实而无“女儿红”这样的酒名，日子便过得不精“彩”了。诸标签之中且又独喜与颜色有关的题名，像下面这些字眼，本身便简扼似诗：

祭红：祭红是一种沉稳的红釉色，红釉本不可多得，不知“祭红”一名由何而来，似乎有时也写作“积红”，给人直觉的感受不免有一种宗教性的虔诚和绝对。本来羊群中最健康的、玉中最完美的可作礼天敬天之用，祭红也该是凝聚最纯粹最接近奉献情操的一种红，相较之下，“宝石红”一名反显得平庸，虽然宝石红也光莹秀澈，极为难得。

牙白：牙白指的是象牙白，因为不顶白反而有一种生命感，让人想到羊毛、贝壳或干净的骨骼。

甜白：不知怎么回事会找出“甜白”这么好的名字，几件号称甜白的器物多半都脆薄而婉腻，甜白的颜色微灰泛紫加上几分透明，像雾峰一带的好芋头，熟煮了，在热气中乍剥了皮，含粉含光，令人甜从心起，甜白两字也不知是不是这样来的。

娇黄：娇黄其实很像杏黄，比黄瓤西瓜的黄深沉，比袈裟的黄轻俏，是中午时分对正阳光的透明黄玉，是琉璃盏中新榨的纯净橙汁，黄色能黄到这样好真叫人又惊又爱又心安。美国式的橘黄太耀眼，可以做属于海洋的游艇和救生圈的颜色，中国皇帝的龙袍黄太夸张，仿佛新富乍贵，自己一时也不知该怎么穿着，才胡乱选中的颜色，看起来不免有点舞台戏服的感觉。但娇黄是定静的沉思的，有着《大学》一书里所说的“定而后能静、静而后能安、安而后能虑、虑而后能得”的境界。有趣的是“娇”字本来不能算是称职的形容颜色的字眼——太主观，太情绪化，但及至看了“娇黄高足大碗”，倒也立刻忍不住点头称是，承认这种黄就该叫“娇黄”。

茶叶末：茶叶末其实就是秋香色，也略等于英文里的酷梨色（Avocado），但情味并不相似。酷梨色是软绿中透着柔黄，如池柳初舒。茶叶末则显然忍受过搓揉和火炙，是生命在大挫伤中历练之余的幽沉芬芳。但两者又分明属于一脉家谱，互有血缘。此色如果单独存在，会显得悒闷，但由于是釉色，所以立刻又明丽生鲜起来。

鹧鸪斑：这称谓原不足以算“纯颜色”，但仔细推来，这种乳白赤褐交错的图案效果如果不用此三字，真不知如何形容，“鹧鸪斑”三字本来很可能是鹧鸪鸟羽毛的错综效果，我自己却一厢情愿地认为那是鹧鸪鸟蛋壳的颜色。所有的鸟蛋都是极其漂亮的颜色，或红褐，或浅碧，或斑斑朱朱。鸟蛋不管隐于草茨或隐于枝柯，像未熟之前的果实，它有颜色的目的竟是求其“失色”，求其“不被看见”。这种斑丽的隐身衣真是动人。

霁青、雨过天青：霁青和雨过天青不同，前者产凝冻的深蓝，后者比较有云淡天青的浅致。有趣的是从字义上看都指雨后的晴空。大约好事好物也不能好过头，朗朗青天看久了也会糊涂，以为不稀罕。必须乌云四合，铅灰一片乃至雨注如倾盆之后的青天才可喜。柴世宗御批指定“雨过天青云破处，这般颜色做将来”。口气何止像君王，更像天之骄子，如此肆无忌惮简直根本不知道世上有不可为之事，连造化之诡、天地之秘也全不瞧在眼里。不料正因为他孩子似的、贪心的、漫天开价的要求，世间竟真的有了雨过天青的颜色。

剔红：一般颜色不管红黄青白，指的全是数学上的“正号”，是在形状上面“加”上去的积极表现。剔红却特别奇怪，“剔”字是“负号”，指的是在层层相叠的漆色中以雕刻家的手法挖掉了红色，是“减掉”的消极手法。其实，既然剔除职能叫“剔空”，它却坚持叫“剔红”，仿佛要求我们留意看那番疼痛的过程。站在大玻璃橱前看剔红漆盒看久了，竟也有一份悲喜交集的触动，原来人生亦如此盒，它美丽剔透，不在保留下来的这一部分，而在挖空剔除的那一部分。事情竟是这样的吗？在忍心地割舍之余，在冷懒惰有的镂空之后，生命的图案才动人。

斗彩：斗彩的“斗”字也是个奇怪的副词，颜色与颜色也有可斗的吗？文字学上“斗”字也通于“逗”，“逗”字与“斗”字在釉色里面都有“打情骂俏”的成分，令人想起李贺的“石破天惊逗秋雨”，那一番逗简直是挑逗啊！把寸水从天外逗引出来，把颜色从幽冥中逗弄出来，斗彩的小器皿向例是热闹的，少不了快意的青蓝和珊瑚红，非常富民俗趣味。近人语言里每以“逗”这个动词当形容词用，如云：“此人真逗！”形容词的“逗”有“绝妙好玩”的意思，如此说来，我也不妨说一句：“斗彩真逗！”

当然，“艳色天下重”，好颜色未必皆在宫中，一般人玩玉总不免玩出一番好颜色好名目来，例如：

孩儿面（一种石灰沁过而微红的玉）

鹦歌绿（此绿是因为做了青铜器的邻居受其感染而变色的）

茄皮紫

秋葵黄

老酒黄（多温暖的联想）

虾子青（石头里面也有一种叫“虾背青”的，让人想起属于虾族的灰青色的血液和肌理）

不单玉有好颜色，石头也有，例如：

鱼脑冻：指一种青灰浅白半透明的石头，“灯光冻”则更透明。

鸡血：指浓红的石头。

艾叶绿：据说是寿山石里面最好最值钱的一种。

炼蜜丹枣：像蜜饯一样，是个甜美生津的名字，书上说“百炼之蜜，渍以丹寒，光色古黯，而神气焕发”。

桃花水：据说这种亦名“桃花片”的石头浸在瓷盘净水里，一汪水全成了淡淡的“竟日桃花逐水流”的幻境。如果以桃花形容石头，原也不足为奇，但加一“水”字，则迷离荡漾，硬是把人推到“两岸桃花夹古津”的粉红世界里去了。类似的浅红石头也有叫“浪滚桃花”的，听来又凄婉又响亮，叫人不知如何是好。

砚水冻：这是种不纯粹的黑，像白昼和黑夜交界处的交战和朦胧，并且这份朦胧被魔法定住，凝成水果冻似的一块，像砚池中介乎浓淡之间的水，可以写诗，可以染墨，也可以秘而不宣，留下永恒的缄默。

石头的好名字还有许多，例如“鹁鸽眼”（一切跟“眼”有关的大约都颇精粹动人，像“虎眼”“猫眼”）“桃晕”“洗苔水”“晚霞红”等。

当然，石头世界里也有不“以色事人”的，像太湖石、常山石，是以形质取胜，两相比较，像美人与名士，各有可倾倒之处。

除了玉石，骏马也有漂亮的颜色，项羽必须有英雄最相宜的黑色相配，所以“乌”骓不可少，关公有“赤”兔，刘彻有汗“血”，此外“玉”骢“华”骝，“紫”骥，无不充满色感，至于不骑马而骑牛的那位老聃，他的牛也有颜色，是“青”牛，老子一路行去，函谷关上只见“紫”气东来。

马之外，英雄当然还须有宝剑，宝剑也是“紫电”“青霜”，当然也有以“虹气”来形容剑器的，那就更见七彩缤纷了。

中国晚期小说里也流金泛彩，不可收拾，《金瓶梅》里小小几道点心，立刻让人进入色彩情况，如：

揭开，都是顶皮饼，松花饼，白糖万寿糕，玫瑰搽穰卷儿。

写惠莲打秋千一段也写得好：

这惠莲也不用人推送，那秋千飞起在半空天云里，然后忽地飞将下来，端的却是飞仙一般，甚可人爱。月娘看见，对玉楼李瓶儿说：“你看媳妇子，他倒会打。”正说着，有一阵风过来，把他裙子刮起，里边露见大红潞绸裤儿，扎着脏头纱绿裤腿儿，好五色纳纱护膝，银红线带儿。玉楼指与月娘瞧。

另外一段写潘金莲装丫头的也极有趣：

却说金莲晚夕，走到镜台前，把鬏髻摘了，打了个盘头楂髻，把脸搽得雪白，抹得嘴唇儿鲜红，戴着两个金澄笼坠子，贴着三个面花儿，带着紫销金箍儿，寻了一套大红织金袄儿，下着翠蓝缎子裙，装扮丫头，哄月娘众人耍子。叫将李瓶儿来与他瞧，把李瓶儿笑得前仰后合。说道："姐姐，你装扮起来，活像个丫头，我那屋里有红布手巾，替你盖着头，等我往后边去，对他们又说他爹又寻了个丫头，唬他们唬，敢情就信了。"

买手帕的一段，颜色也多得惊人：

敬济道："门外手帕巷有名王家，专一发卖各色各样销金点翠手帕汗巾儿，随你要多少会有，你老人家要什么颜色？销甚花样？早说与我，明日都替你一齐带的来了。"李瓶儿道："我要一方老黄销金点翠穿花凤的。"敬济道："六娘，老金黄销上金，不显。"李瓶儿道："你别要管我，我还要一方银红绫销江牙海水嵌八宝儿的，又是一方闪色芝麻花销金的。"敬济便道："五娘，你老人家要什花样？"金莲道："我没银子，只要两方儿够了，要一方玉色绫锁子地儿销金的。"敬济道："你又不是老人家，白刺刺的要他做什么？"金莲道："你管他怎的？戴不的，等我往后有孝戴！"敬济道："那一方要什颜色？"金莲道："那一方，我要娇滴滴紫葡萄颜色四川绫汗巾儿，上销金间点翠花样锦，同心结方胜地儿，一个方胜儿里面，一对儿喜相逢，两边阑子儿都是璎珞珍珠碎八宝儿。"敬济听了，说道："好好，再没了，卖瓜子儿开箱子打喷嚏，琐碎一大堆。"

看了两段如此如见其人如闻其声的描写，竟也忍不住疼惜起潘金莲来了，有表演天才，对音乐和颜色的世界极敏锐，喜欢白色和娇滴滴的葡萄紫，可怜这聪明剔透的女人，在这个世界上她除了做西门庆的第五房老婆外，可以做的事其实太多了！只可怜生错了时代！

《红楼梦》里更是一片华彩，在“千红一窟”“万艳同杯”的幻镜之余。怡红公子终生和红的意象是分不开的，跟黛玉初见时，他的衣着如下：

> 头上戴着束发嵌宝紫金冠，齐眉勒着二龙抢珠金抹额；穿一件二色金百蝶穿花大红箭袖，束着五彩丝攒花结长穗宫绦，外罩石青起花八团倭缎排穗褂；蹬着青缎粉底小朝靴……

没过多久，他又换了家常衣服出来：

> 已换了冠带，头上周围一转的短发，都结成小辫，红丝结束，共攒至顶中胎发，总编一根大辫，如漆黑亮；从顶至梢，一串四颗大珠，用金八宝坠脚；身上穿着银红撒花半旧大衫袄，仍旧带着“项圈”“宝玉”“寄名锁”“护身符”等物；下面半露松绿撒花绫裤，锦边弹墨袜，厚底大红鞋。

宝玉由于在小说中身居要津，不免时时刻刻要为他布下多彩的戏服，时而是五色斑丽的孔雀裘，时而是生日小聚时的“大红棉纱小袄儿，下面绿绫弹墨夹裤，散着裤脚，系着一条汗巾，靠着一个各色玫瑰芍药花瓣装的玉色夹纱新枕头”。生起病来，他点的菜也是仿制的小荷茶叶子、小莲蓬，图的只是那翠荷鲜碧的好颜色。告别的镜头是白茫茫大地上的一件猩红斗篷。就连日常保暖的一件小内衣，也是白绫子红里子上面绣起最生香活色的“鸳鸯戏水”。

和宝玉的猩红斗篷有别的是女子的石榴红裙。猩红是“动物性”的，传说红染料里要用猩猩血色来调才稳得住，真是凄伤至极点的顽烈颜色，恰适合宝玉来穿。石榴红是植物性的，香菱和袭人两个女孩在林木蓊郁的园子里，偷偷改换另一条友伴的红裙，以免自己因玩疯了而弄脏的那一条被众人发现了。整个情调读来是淡淡的植物似的悠闲和疏淡。

和宝玉同属“富贵中人”的是王熙凤，她一出场，便自不同：

> 只见一群媳妇丫鬟拥着一个丽人从后房进来。这个人打扮与姑娘们不同，彩绣辉煌，恍若神仙妃子，头上戴着金丝八宝攒珠髻，绾着朝阳五凤挂珠钗；项上戴着赤金盘螭璎珞圈；身上穿着缕金百蝶穿花大红云缎窄褙袄，外罩五彩缂丝石青银鼠褂，下着翡翠撒花洋绉裙。

这种明艳刚硬的古代“女强人”，只主管一个小小贾府，真是白糟蹋了。

《红楼梦》里的室内设计也是一流的：探春的，妙玉的，秦氏的，贾母的，各有各的格调，各有各的摆设，贾母偶然谈起窗纱的一段，令人神往半天：

> 那个纱比你们的年纪还大呢！怪不得他认作蝉翼纱，原也有些像。不知道的都认作蝉翼纱，正经名叫“软烟罗”……那

个软烟罗只有四种颜色：一样雨过天青，一样秋香色，一样松绿的，一样就是银红的。要是做了帐子，糊了窗屉，远远地看着，就似烟雾一样，所以叫作软烟罗，那银红的又叫作霞影纱。

《红楼梦》也是一部“红”尘手记吧，大观园里春天来时，莺儿摘了柳树枝子，编成浅碧小篮，里面放上几枝新开的花……好一出色彩的演出。

和小说的设色相比，诗词里的色彩世界显然密度更大更繁富。奇怪的是大部分作者都秉承中国人对红绿两色的偏好，像李贺，最擅长安排“红”“绿”这两个形容词面前的副词，像：

老红、坠红、冷红、静绿、空绿、颓绿。

真是大胆生鲜，从来在想象中不可能连接的字被他一连，也都变得妩媚合理了。

此外像李白“寒山一带伤心碧”（《菩萨蛮》），也用得古怪，世上的绿要绿成什么样子才是伤心碧呢？“一树碧无情”亦然，要绿到什么程度可算绝情绿，令人想象不尽。

杜甫“宠光蕙叶与多碧，多注桃花舒小红”（《江雨有怀郑典设》）以“多碧”对“小红”也是中国文字活泼到极处的面貌吧？

此外李商隐温飞卿都有色癖，就是一般诗人，只要拈出“雨中黄叶树”“灯下白头人”的对句，也一样有迷人情致。

词人中小山词算是极爱色的，郑因百先生有专文讨论，其中如：

绿娇红小、朱弦绿酒、残绿断红、露红烟绿、遮闷绿掩羞红、晚绿寒红、君貌不长红、我鬓无重绿。

竟然活生生地将大自然中最旺盛最欢愉的颜色驯服为满目苍凉，

也真是夺造化之功了。

秦少游的“莺嘴啄花红溜，燕尾点波绿绉”也把颜色驱赶成一群听话的上驷，前句由于莺的多事，造成了由高枝垂直到地面的用花瓣点成的虚线，后句则缘于燕的无心，把一面池塘点化成回纹千度的绿色大唱片。另外有位无名词人的“万树绿你迷，一庭红扑簇”也令人目迷不暇。

“知否知否，应是绿肥红瘦”这李清照句中的颜色自己也几乎成了美人，可以在纤农之间各如其度。

蒋捷有句谓“红了樱桃，绿了芭蕉”，其中的“红”“绿”两字不单成了动词，而且简直还是进行式的，樱桃一点点加深，芭蕉一层层转碧，真是说不完的风情。

辛稼轩“唤取红巾翠袖，揾英雄泪”也在英雄事业的苍凉无奈中见婉媚。其实世上另外一种悲剧应是红巾翠袖空垂——因为找不到真英雄，而且真英雄未必肯以泪示人。

元人小令也一贯地爱颜色，白朴有句曰：“黄芦岸白苹渡口，绿杨堤红蓼滩头。”用色之奢侈，想来隐身在五色祥云后的神仙也要为之思凡吧？马致远也有“和露摘黄花，带霜烹紫蟹，煮酒烧红叶”的好句子，煮酒其实只用枯叶便可，不必用红叶，曲家用了，便自成情境。

世界之大，何处无色，何时无色，岂有一个民族会不懂颜色？但能待颜色如情人，相知相契之余且不嫌麻烦的，想出那么多出人意表的字眼来形容描绘它，舍中文外，恐怕不容易再找到第二种语言了吧？

愁乡石

到“鹅库玛”度假去的那一天，海水蓝得很特别。

每次看到海，总有一种瘫痪的感觉，尤其是看到这碧入波心、急速涨潮的海。这种向正前方望去直对着上海的海。

“只有四百五十海里。”他们说。

我不知道四百五十海里有多远，也许比银河还迢遥吧？每次想到上海，总觉得像历史上的镐京或洛邑那么幽渺，那样让人牵起一种又凄凉又悲怆的心境。我们面海而立，在浪花与浪花之间追想多柳的长安与多荷的金陵，我的乡愁遂变得又剧烈又模糊。

可惜那一片江山，每年春来时，全交付给了千林鹍鸠。

明孝陵的松涛在海涛中来回穿梭，那种声音、那种色泽，恍惚间竟有那么相像。记忆里那一片乱映的苍绿已经好虚幻好缥缈，但不知为什么，老忍不住用一种固执的热情去思念它。

有两三个人影徘徊在柔软的沙滩上，拣着五彩的贝壳。那些炫人的小东西像繁花一样地开在白沙滩上，给发现的人一种难言的惊喜。而我站在那里，无法让悲情的心怀去适应一地的色彩。

蓦然间，沁凉的浪打在我的脚上，我没有料到那一下冲撞竟有那么裂人心魄。想着海水所向的方向，想着上海某个不知名的滩头，我便有一种号哭的冲动。而哪里是我们可以恸哭的秦庭？哪里是申包胥可以流七日泪的地方？此处是异国，异国寂凉的海滩。

他们叫这一片海为中国海，世上再没有另一个海有这样美丽沉郁的名字了。小时候曾经那么神往于爱琴海，那么迷醉于想象中那么灿烂的晚霞，而现在，在这个无奈的多风的下午，我只剩下一个爱情，爱我自己国家的名字，爱这个蓝得近乎哀愁的中国海。

而一个中国人站在中国海的沙滩上遥望中国，这是一个怎样咸涩的下午！

遂想起那些在金门的日子，想起在马山看对岸的岛屿，在湖井头看对岸的何厝。望着那一带山峦，望着那曾使东方人骄傲了几千年的故土，心灵便脆薄得不堪一声海涛。那时候忍不住想到自己为什么不是一只候鸟，犹记得在每个江南草长的春天回到旧日的梁前，又恨自己不是鱼，可以绕着故国的沙滩岩岸而流泪。

海水在远处澎湃，海水在近处澎湃。海水徒然地冲刷着这个古老民族的羞耻。

我木然地坐在许多石块之间，那些灰色的、轮流着被海水和阳光煎熬的小圆石。

那些岛上的人很幸福地过着他们的日子，他们在历史上从来不曾辉煌过，所以他们不必痛心，他们没有骄傲过所以无须悲哀。他们那样坦然地说着日本话，给小孩子起日本名字，在国民学校旗杆上竖着别人的太阳旗，他们那样坦然地顶着东西、唱着歌，走在美国人为他们铺的柏油路上。

他们有他们的快乐。那种快乐是我们永远不会有也不屑有的。我们所有的只是超载的乡愁，只是世家子弟的那份茕独。

海浪冲逼而来，在阳光下亮着残忍的光芒。海雨天风，不放过旅人的悲思。我们向哪里去躲避？我们向哪里去遗忘？

小圆石在不绝的浪涛中颠簸着，灰白的色调让人想起流浪的霜鬓。我拣了几个，包在手绢里，我的臂膀遂有着十分沉重的感觉。

忽然间，就那么不可避免地忆起了雨花台，忆起那闪亮了我整个童年的璀璨景象。那时候，那些彩色的小石曾怎样地令我迷惑。有阳光的假日，满山的拣石者挑剔地品评着每一块小石子。那段日子为什么那么短呢？那时候我们为什么不能预见自己的命运？在去国离乡的岁月里，我们的箱箧里没有一撮故国的泥土，更不能想象一块雨花台石子的奢侈了。

灰色的小圆石一共七颗。它们停留在海滩上想必已经很久了，每一次海浪的冲撞便使它们更浑圆一些。雕琢它们的是中国海的浪头，是来自上海的潮汐，日日夜夜，它们听着遥远的消息。

那七颗小石转动着，它们便发出琅琅的声音，那声音里有一种神秘的回响，呢喃着这个世纪最大的悲剧。

“你拣的就是这个？”

游伴们从远远近近的沙滩上走了回来，展示着他们色彩缤纷的贝壳。

而我什么也没有，除了那七颗黯淡的灰色石子。

“可是，我爱它们。”我独自走开去，把那七颗小石压在胸口上，直压到我疼痛得淌出眼泪来。在流浪的岁月里我们一无所有，而今，我却有了它们。我们的命运多少有些类似，我们都生活在岛上，都曾日夜凝望着一个方向。

“愁乡石！”我说，我知道这必是它的名字，它绝不会再有其他的名字。

我慢慢地走回去，鹅库玛的海水在我背后蓝得叫人崩溃，我一步一步艰难地摆脱它。而手绢里的愁乡石响着，响久违的乡音。

无端的，无端的，又想起姜白石，想起他的那首《八归》。

最可惜那一片江山，每年春来时，全交付给了千林啼鴂。

愁乡石响着，响一片久违的乡音。

后记：鹅库玛系冲绳岛极北端之海滩，多有异石悲风。西人设基督教华语电台于斯，以其面对上海及广大的内陆地域。余今秋曾往一游，去国十八年，虽望乡亦情怯矣。是日徘徊低吟，黯然久之。

我喜欢

我喜欢活着，生命是如此地充满了愉悦。

我喜欢冬天的阳光，在迷茫的晨雾中展开。我喜欢那份宁静淡远，我喜欢那没有喧哗的光和热，而当中午，满操场散坐着晒太阳的人，那种原始而纯朴的意象总深深地感动着我的心。

我喜欢在春风中踏过窄窄的山径，草莓像精致的红灯笼，一路殷勤地张结着。我喜欢抬头看树梢尖尖的小芽儿，极嫩的黄绿色中透着一派天真的粉红——它好像准备着要奉献什么，要展示什么。那柔弱而又生机盎然的风度，常在无言中教导我一些最美丽的真理。

我喜欢看一块平平整整、油油亮亮的秧田。那细小的禾苗密密地排在一起，好像一张多绒的毯子，是集许多翠禽的羽毛织成的，它总是激发我想在上面躺一躺的欲望。

我喜欢夏日的永昼，我喜欢在多风的黄昏独坐在傍山的阳台上。小山谷里的稻浪推涌，美好的稻香翻腾着。慢慢的，绚丽的云霞被浣净了，柔和的晚星遂一一就位。我喜欢观赏这样的布景，我喜欢坐在那舒服的包厢里。

我喜欢看满山的芦苇，在秋风里凄然地白着。在山坡上、在水边上，美得那样凄凉。那次，刘告诉我他在梦里得了一句诗："雾树芦花连江白。"意境是美极了，平仄却很拗口。想凑成一首绝句，却又不忍心改它。想联成古风，又苦再也吟不出相当的句子。至今那还只是一句诗，一种美而孤立的意境。

我也喜欢梦，喜欢梦里奇异的享受。我总是梦见自己能飞，能跃过山丘和小河。我总是梦见奇异的色彩和悦人的形象。我梦见棕色的骏马，发亮的鬣毛在风中飞扬。我梦见成群的野雁，在河滩的丛草中歇宿。我梦见荷花海，完全没有边际，远远在炫耀着模糊的香红——这些，都是我平日不曾见过的。最不能忘记那次梦见在一座紫色的山峦前看日出——它原来必定不是紫色的，只是翠岚映着初升的红日，遂在梦中幻出那样奇特的山景。

我当然同样在现实生活里喜欢山，我办公室的长窗便是面山而开的。每次当窗而坐，总沉得满几尽绿，一种说不出的柔和。较远的地方，教堂尖顶的白色十字架在透明的阳光里巍立着，把蓝天撑得高高的。

我还喜欢花，不管是哪一种，我喜欢清瘦的秋菊、浓郁的玫瑰、孤洁的百合，以及幽娴的素馨。我也喜欢开在深山里不知名的小野花。十字形的、斛形的、星形的、球形的。我十分相信上帝在造万花的时候，赋给它们同样的尊荣。

我喜欢另一种花儿，是绽开在人们笑颊上的。当寒冷的早晨我在巷子里，对门那位清癯的太太笑着说："早！"我就忽然觉得世界是这样的亲切，我缩在皮手套里的指头不再感觉发僵，空气里充满了和善。

当我到了车站开始等车的时候，我喜欢看见短发齐耳的中学生，那样精神奕奕的，像小雀儿一样快活的中学生。我喜欢她们美好宽阔而又明净的额头，以及活泼清澈的眼神。每次看着她们老让我想起自己，总觉得似乎我仍是她们中间的一个。仍然单纯地充满了幻想，仍然那样容易受感动。

当我坐下来，在办公室的写字台前，我喜欢有人为我送来当天的信件。我喜欢读朋友们的信，没有信的日子是不可想象的。我喜欢读弟弟妹妹的信，那些幼稚纯朴的句子，总是使我在泪光中重新看见南方那座燃遍凤凰花的小城。最不能忘记那年夏天，德从最高的山上为我寄来一片蕨类植物的叶子。在那样酷暑的气候中，我忽然感到甜蜜而又沁人的清凉。

我特别喜爱读者的信件，虽然我不一定有时间回复。每次捧读这些信件，总让我觉得一种特殊的激动。在这世上，也许有人已透过我看见一些东西。这不就够了吗？我不需要永远存在，我希望我所认定的真理永远存在。

我把信件分放在许多小盒子里，那些关切和怀谊都被妥善地保存着。

除了信，我还喜欢看一点书，特别是在夜晚，在一灯荧荧之下。我不是一个十分用功的人，我只喜欢看词曲方面的书。有时候也涉及一些古拙的散文，偶然我也勉强自己看一些浅近的英文书，我喜欢它们文字变化的活泼。

夜读之余，我喜欢拉开窗帘看看天空，看看灿如满园春花的繁星。我更喜欢看远处山坳里微微摇晃的灯光。那样模糊、那样幽柔，是不是那里面也有一个夜读的人呢？

在书籍里面我不能自抑地要喜爱那些泛黄的线装书，握着它就觉得握着一脉优美的传统，那涩黯的纸面蕴含着一种古典的美。我很自然地想到，有几个人执过它，有几个人读过它。他们也许都过去了。

历史的兴亡、人物的迭代本是这样虚幻，唯有书中的智慧永远长存。

我喜欢坐在汪教授家中的客厅里，在落地灯的柔辉中捧一本线装的昆曲谱子。当他把旧得发亮的褐色笛管举到唇边的时候，我就开始轻轻地按着板眼唱起来，那柔美幽咽的水磨调在室中低回着，寂寞而空荡，像江南一池微凉的春水。我的心遂在那古老的音乐中体味到一种无可奈何的轻愁。

我就是这样喜欢着许多旧东西，那块小毛巾，是小学四年级参加《儿童周刊》父亲节征文比赛得来的。那一角花岗石，是小学毕业时和小曼敲破了各执一半的。那具布娃娃是我儿时最忠实的伴侣。那本毛笔日记，是七岁时被老师逼着写成的。那两只蜡烛，是我过二十岁生日的时候，同学们为我插在蛋糕上的……我喜欢这些财富，以致每每整个晚上都在痴坐着，沉浸在许多快乐的回忆里。

我喜欢翻旧相片，喜欢看那个大眼睛长辫子的小女孩。我特别喜欢坐在摇篮里的那张，那么甜美无忧的时代！我常常想起母亲对我说："不管你们将来遭遇什么，总是回忆起来，人们还有一段快活的日子。"是的，我骄傲，我有一段快活的日子——不只是一段，我相信那是一生悠长的岁月。

我喜欢把旧作品一一检视，如果我看出已往作品的缺点，我就高兴得不能自抑——我在进步！我不是在停顿！这是我最快乐的事了，我喜欢进步！

我喜欢美丽的小装饰品，像耳环、项链和胸针。那样晶晶闪闪的、细细微微的、奇奇巧巧的。它们都躺在一个漂亮的小盆子里，炫耀着不同的美丽，我喜欢不时看看它们，把它们佩在我的身上。

我就是喜欢这么松散而闲适的生活，我不喜欢精密地分配的时间，不喜欢紧张地安排节目。我喜欢许多不实用的东西，我喜欢充足的沉思时间。

我喜欢晴朗的礼拜天清晨，当低沉的圣乐冲击着教堂的四壁，我就忽然升入另一个境界，没有纷扰、没有战争、没有嫉恨与恼怒。人类的前途有了新光芒，那种确切的信仰把我带入更高的人生境界。

我喜欢在黄昏时来到小溪旁。四顾没有人，我便伸足入水——那被夕阳照得极艳丽的溪水，细沙从我趾间流过，某种白花的瓣儿随波漂去，一会儿就幻灭了——这才发现那实在不是什么白花瓣儿，只是一些被石块激起来的浪花罢了。坐着，坐着，好像天地间流动着和暖的细流。低头沉吟，满溪红霞照得人眼花，一时简直觉得双足是浸在一钵花汁里呢！

我更喜欢没有水的河滩，长满了高及人肩的蔓草。日落时一眼望去，白石不尽，有着苍莽凄凉的意味。石块累累，把人心里慷慨的意绪也堆叠起来了。我喜欢那种情怀，好像在峡谷里听人喊秦腔，苍凉的余韵回转不绝。

我喜欢别人不注意的东西，像草坪上那株没人理会的扁柏，那株瑟缩在高大龙柏之下的扁柏。每次我走过它的时候总要停下来，嗅一嗅那股儿清香，看一看它谦逊的神气。有时候我又怀疑它是不是谦逊，因为也许它根本不觉得龙柏的存在。又或许它虽知道有龙柏存在，也不认为伟大与平凡有什么两样——事实上伟大与平凡的确也没有什么两样。

我喜欢朋友，喜欢在出其不意的时候去拜访他们。尤其喜欢在雨天去叩湿湿的大门，在落雨的窗前话旧真是多么美，记得那次到中部去拜访芷的山居，我永不能忘记她看见我时的惊呼。当她连跑带跳地来迎接我，山上阳光就似乎忽然炽燃起来了。我们走在向日葵的荫下，慢慢地倾谈着。那迷人的下午像一阕轻快的曲子，一会儿就奏完了。

我极喜欢，而又带着几分崇敬去喜欢的，便是海了。那辽阔、那淡远，都令我心折。而那雄壮的气象、那平稳的风范，以及那不可测的深沉，一直向人类作着无言的挑战。

我喜欢家，我从来还不知道自己会这样喜欢家。每当我从外面回来，一眼看到那窄窄的红门，我就觉得快乐而自豪，我有一个家多么奇妙！

我也喜欢坐在窗前等他回家来。虽然过往的行人那样多，我总能分辨他的足音。那是很容易的，如果有一个脚步声，一入巷子就开始跑，而且听起来是沉重急速的大阔步，那就准是他回来了！我喜欢他把钥匙放进门锁中的声音，我喜欢听他一进门就喘着气喊我的英文名字。

我喜欢晚饭后坐在客厅里的时分。灯光如纱，轻轻地撒开。我喜欢听一些协奏曲，一面捧着细瓷的小茶壶暖手。当此之时，我就恍惚能够想象一些田园生活的悠闲。

我也喜欢户外的生活，我喜欢和他并排骑着自行车。当礼拜天早晨我们一起赴教堂的时候，两辆车子便并驰在黎明的道上，朝阳的金波向两旁溅开，我遂觉得那不是一辆脚踏车，而是一艘乘风破浪的飞艇，在无声的欢唱中滑行。我好像忽然又回到刚学会骑车的那个年龄，那样兴奋、那样快活、那样唯我独尊——我喜欢这样的时光。

我喜欢多雨的日子。我喜欢对着一盏昏灯听檐雨的奏鸣。细雨如丝，如一天轻柔的叮咛。这时候我喜欢和他共撑一柄旧伞去散步。伞际垂下晶莹成串的水珠——一幅美丽的珍珠帘子。于是伞下开始有我们宁静隔绝的世界，伞下缭绕着我们成串的往事。

我喜欢在读完一章书后仰起脸来和他说话，我喜欢假想许多事情，“如果我先死了，”我平静地说着，心底却泛起无端的哀愁，“你要怎么样呢？”

“别说傻话，你这憨孩子。”

“我喜欢知道，你一定要告诉我，如果我先死了，你要怎么办？”

他望着我，神色愀然。

“我要离开这里，到很远的地方去，去做什么，我也不知道，总之，是很遥远的很蛮荒的地方。”

“你要离开这屋子吗？”我急切地问，环视着被布置得像一片紫色梦谷的小屋。我的心在想象中感到一种剧烈的痛楚。

“不，我要拼着命去赚很多钱，买下这栋房子。”他慢慢地说，声音忽然变得凄怆而低沉：

“让每一样东西像原来那样被保持着。哦，不，我们还是别说这些傻话吧！”

我忍不住澈泪泫然了，我不明白，为什么我喜欢问这样的问题。

“哦，不要痴了，”他安慰着我，“我们会一起死去的。想想，多美，我们要相携着去参加天国的盛会呢！”

我喜欢相信他的话，我喜欢想象和他一同跨入永恒。

我也喜欢独自想象老去的日子，那时候必是很美的。就好像夕晖满天的景象一样。那时再没有什么可争夺的，可流连的。一切都淡了，都远了，都漠然无介于心了。那时候智慧深邃明彻，爱情渐渐醇化，生命也开始慢慢蜕变，好进入另一个安静美丽的世界。啊，那时候，那时候，当我抬头看到精金的大道，碧玉的城门，以及千万只迎我的号角，我必定是很激励而又很满足的。

我喜欢，我喜欢，这一切我都深深地喜欢！我喜欢能在我心里充满着这样多的喜欢！

雨荷

有一次，雨中走过荷池，一塘的绿云绵延，独有一朵半开的红莲挺然其间。我一时为之惊愕驻足，那样似开不开，欲语不语，将红未红，待香未香的一株红莲！

漫天的雨纷然而又漠然，广不可及的灰色中竟有这样一株红莲！像一堆即将燃起的火，像一罐立刻要倾泼的颜色！我立在池畔，虽不欲捞月，也几成失足。生命不也如一场雨吗？你曾无知地在其间雀跃，你曾痴迷地在其间沉吟——但更多的时候，你得忍受那些寒冷和潮湿，那些无奈与寂寥，并且以晴日的幻想来度日。

可是，看那株莲花，在雨中怎样地唯我而又忘我，当没有阳光的时候，它自己便是阳光；当没有欢乐的时候，它自己便是欢乐！一株莲花里有多么完美自足的世界！

一池的绿，一池无声的歌，在乡间不惹眼的路边——岂止有哲学书中才有真理？岂止有研究院中才有答案？一笔简单的雨荷可绘出多少形象之外的美善，一片亭亭青叶支撑了多少世纪的傲骨！

倘有荷在池，倘有荷在心，则长长的雨季何患？

花之笔记

我喜欢那些美得扎实且厚重的花，像百合、荷花、木棉，但我也喜欢那些美得让人发愁的花，特别是开在春天的，花瓣儿菲薄菲薄，眼看着便要薄得没有了的花，像桃花、杏花、李花、三色堇或波斯菊。

花的颜色和线条总还比较“实”，花的香味却是一种介乎“虚”“实”之间的存在。有种花，像夜来香，香得又野又蛮，的确是“花香欲破禅”的那种香法，含笑和白兰的香是荤的，茉莉是素的，素得可以及茶的，水仙更美，一株水仙的倒影简直是一块明矾，可以把一池水都弄得干净澄澈。

栀子花和木本株兰的香总是在日暖风和的时候才香得出来，所以也特别让人着急，因为不知道什么时候就没有了。

树上的花是小说，有枝有干地攀在纵横交叉的结构上，俯下它漫天的华美，“江边一树垂垂发”“黄四娘家花满蹊，千朵万朵压枝低”，那里面有多层次、多角度的说不尽的故事。

草花是诗，由于矮，像是刚从土里蹦上来的，一种精粹的、鲜艳的、凝聚的、集中的美。

散文是爬藤花，像九重萝、荼蘼、紫藤、茑萝，乃至牵牛花和丝瓜花、扁豆花，都有一种走到哪里就开到哪里的挥洒。爬藤花看起来漫不经心，等开完了整个季节之后回头一看，倒也没有一篇是没有其章法的——无论是开在疏篱间的、泼洒在花架上的、哗哗地流下瓜棚的，或者不自惜地淌在坡地上的，乃至于调皮刁钻爬上老树，把枯木开得复活了似的……它们都各有其风格，真的，丝瓜花有它自己的文法，牵牛花有它自己的修辞。

如果有什么花可以称之为舞台剧的，大概就是昙花了吧。它是一种彻底的时间艺术，在丝帷的开阖间即生而即死，它的每一秒钟都在“动”，它简直严格地遵守着古典戏剧的“三一律”——“一时”“一地”“一事”，使我感动的不是那一夕之间偶然白起来的花瓣，也不是那偶然香起来的细蕊，而是那几乎听得见的砰然有声的拆展的过程。

文学批评如果用花来比喻，大概可以像仙人掌花，高大吓人，刺多花少，却大剌剌地像一声轰雷似的拔地而起——当然，好的仙人掌花还是漂亮得要命的。

水生花的颜色天生的好，是极鲜润的泼墨画，水生花总是使人惊讶，仿佛好得有点不合常理。大地上有花已经够好了，山谷里有花已经够好了，居然水里也冒出花来，简直是不可信，可是它又偏着了邪似的在那里。水生花是荷也好、睡莲也好、水仙也好，白得令人手脚无措的马蹄莲也好，还有一种紫簌簌地涨成满满一串子的似乎叫作布袋莲的也好，都有一种奇怪的特色：它们不管开几里地，看起来每朵却都是清寂落寞的，那种伶伶然的仿佛独立于时间空间之外的悠远，水生花大概是一阕属于婉约派的小词吧，在管弦触水之际，偶然化生而成的花。

不但水生花，连水草像蒹葭、像唐菖蒲、像芦苇，都美得令人发愁，一部《诗经》是从一条荇菜参差水鸟合唱的水湄开始的——不能想了，那样干干净净的河，那样干干净净的水，那样干干净净的草，那样干干净净的古典的爱情——不能想了，想了让人有一种身为旧王族被放逐后的悲恸。

我们好像真的就要失去水了——干净的水——以及水中的花。

一到三月，校园里一些熬不住的相思树就哗然一声把那种柔黄的小花球在一夜之间全部释放了出来。四月以后，几乎所有的树都撑不住了，索性一起开起花来，把一整年的修持都破戒了！

我一向喜欢相思树，不为那名字而是为那满树细腻的小叶子，一看到那叶子就想到“不知细叶谁裁出，二月春风似剪刀”的句子。

相思树的花也细小，简直有点像是不敢张扬的意思，可是整球整球地看去，整树整树地看去，仍然很艳很逼人。

跟儿子聊天，他忽然说：“我们班上每个人都像一种花。”

“谢婉贞是哪一种？”

谢婉贞是他觉得最不同凡俗的一个女孩。

“她是荷花。”

“为什么？”

“因为一个夏天都是又新鲜又漂亮的。”

“那你自己呢？”

“我是玫瑰，”停了一下他解释说，“因为到死都是香的。”

这样的以香花自喻，简直是屈原，真是语出惊人！

春天，我总是带小女儿去看令人眼花的杜鹃。

她还小，杜鹃对她而言几乎是树。

她不太专心看花，倒是很专心地找那种纺锤形的小蓓蕾，找到了就大叫一声：

“你看，花 Baby！”

她似乎只肯认同那些“花婴”，她不厌其烦地沿路把那些尚未启封的美丽一一灌注上她的欢呼！

旅行美国，最喜欢的不是夏威夷，不是佛罗里达，不是剧场，不是高速公路或迪士尼乐园，而是荒地上的野花。在亚利桑那，高爽的公路上车行几小时，路边全是迤逦的野花，黄灿灿的一径开向天涯，倒叫人怀疑那边种的是一种叫作“野花”的农作物，野牛和印第安人像是随时会出现似的。

多么豪华的使用土地的方法，不盖公寓、不辟水田，千里万里的只交给野花去发展。

在芝加哥，朋友驱车带我去他家，他看路，我看路上的东西。

“那是什么花？”

“不知道。”

“那种鸟呢？”

“不知道，我们家附近多的是。”

他兴冲冲地告诉我，一个冬天他怎样被大雪所困，回不了家，在外面住了几天旅馆，又说 Searstower 怎样比纽约现有的摩天大楼都高一点。

可是，我固执地想知道那种蓝紫色的、花瓣舒柔四伸如绢纱的小花。

我愈来愈喜欢这种不入流的美丽。

一路东行，总看到那种容颜，终于，在波士顿，我知道了它的名字，“蓝水手”，Blue Sailor。

像一个年轻的男孩，一旦惊讶于一双透亮的眼睛，便忍不住千方百计去知道她的名字——知道了又怎样，其实仍是一样，只是独坐黄昏时，让千丝万缕的意念找到一个虚无的、可供挂迹的枝柯罢了。

知道你自己所爱的一种花，岁岁年年，在异国的蓝空下安然地开着，虽不相见，也有一份天涯相共的快乐。

《诗经》有一个别名，叫《葩经》，使我觉得桌上放一部《诗经》简直有一种破页而出的馥馥郁郁的香气。

中学在南部念书，校园大，每个学生都分了一块地来种，那年我们种长豇豆。

不知为什么，小小的田里竟长出了一朵小野菊——也许它的前身就跟豇豆的前身同在一片田野，收种子的时候又仍然混在一起，所以不经意时也就播在一起。也许是今春偶过的风，带来偶然的一抹色彩。

后来，老师要我们拔野草，我拔了。

“为什么不拔掉那棵草？”

“它不是草，”我抗议，“它是一朵小野菊。”

“拔掉，拔掉。”他竟动手拔掉了它，“你不知道什么叫草——不是你要种的东西就是草。”

我是想种豇豆的吗？不，我并没有要种豇豆，我要种的只是生命。

许多年过去了，我仍然记得那丛被剥夺了生存权的小野菊。

那花，被种在菜圃里，或者真是不幸的。

有一种花，叫“爆仗花”，我真喜欢那名字——因为有颜色，有声音，而且还几乎是一种进行式的动词。

那种花，香港比较多见，属于爬藤类，花不大，澄黄澄黄的仿佛千足的金子，开起来就狠狠地开满一架子，真仿佛屋子里有什么喜事，所以那样一路噼里啪啦地声势壮烈地燃响那欢愉的色彩。

还有一种花的花名也取得好，叫“一丈红”，很古典，又很泼悍。

其实那花倒也平常，只是因为那么好的名字，看起来只觉得是一柱仰天窜起的红喷泉，从下往上喷，喷成一丈、喷成千仞、喷成一个人想象的极限。

有些花，只在中国语文里出现，在教科书里却不成其为花，像雪花、浪花。

所有的花都仰面而开，唯独雪花俯首而开，所有的花都在泥土深处结胎，雪花却在天空的高处成孕。雪花以云为泥，以风为枝丫，只开一次，飘过万里寒冷，单单地要落在一个赶路人温暖的衣领上，或是一个眺望者朦亮的窗纸上，只在六瓣的秩序里，美那么一刹，然后，回归为半滴水，回归入土。

浪花只开在海里，海不是池塘，不能滋生大片紫色的、白色的、粉色的花，上帝就把浪花种在海里，海里每一秒钟都盛开着浪花。

有什么花能比浪花开得更巨大、更泼旺，那样旋开旋灭，那样的方生方死——却又四季不凋，直开到地老天荒。

人站在海边，浪就像印度女子那佩然生响的足环，绕着你的脚踝而粲然作花。

有人玩冲浪，看起来整个人都开在花心里，站在千丝万缕的花蕊里。

把浪说成花，只有中国语文才说得那么好吧！

我讨厌一切的纸花、缎带花和塑胶花，总觉得那里面有一种越分，一种亵渎。

还有一种“干花”，脱了水，苍黄古旧，是一种花中的木乃伊，永远不枯，但常年的放在案头，让人觉得疲倦不堪。不知为什么，因为它永远不死，反而让你觉得它似乎从来没有光灿生猛地活过。

我只愿意爱鲜花，爱那明天就握不住的颜色、气息和形状——由于它明天就要消失了，所以我必须在今天用来不及的爱去爱它。我要好好地注视它，它的每一刹那的美其实都是它唯一一次的美，下一刹，或开或阖，它已是另一朵了。

我对鲜花的坚持，遇见玻璃花便破例了；哈佛的陈列室里有一屋子的玻璃花，那么纤柔透明——也许人造花做得极好以后就有一种近乎泄漏天机的神秘性。

也许我爱的不是玻璃花，而是那份已成绝响的艺术，那些玻璃花是一对父子做的，他们死后就失传了——花做得那么好当然也不是传得下来的。

我真的不知道我是爱上那做得特别好的晶莹到虚幻的花，还是爱那花后面的一段寂寞的故事。

我爱花，也许不完全是爱花的本身，爱的是那份乍然相见的惊喜。

有一次，去海边，心里准备好是要去看海的，海边有一座小岩岬，我们爬上去，希望可以看得更远，不料石缝里竟冷不防地冒出一丝百合花来，白喷喷的。

整个事情差不多有点不讲理，来海边当然是要看海捡贝壳的，没有谁想看花，可是意外地遇上了花，不看也不忍心。

自己没有工作进度表，也不管别人的旅游日程——那朵花的可爱全在它的不讲道理。

我从来不能在花展中快乐，看到生命那么规矩地站在一列列的瓶瓶罐罐里，而且很合理地标上身价，就让我觉得丧气。

听说有一种罐头花，开罐后几天一定开花，那种花我还没有看已经先发腻了。

生命不该充满神秘的未知吗？有大成大败、大悲大喜不是才有激荡的张力吗？文明取走了莳花者犯错误的权利，而使他的成功显得像一团干蜡般的无味。

我所梦想的花是那种可以猛悍地在春天早晨把你大声喊醒的栀子，或是走过郊野时闹得人招架不住的油菜花，或是清明节逼得雨中行人连魂梦都走投无路的杏花，那些各式各流的日本花道纳不进去的，市价标不出来的，不肯许身就范于园艺杂志的那一种未经世故的花。

让大地是众水浩渺中浮出来的一项意外，让百花是莽莽大地上扬起来的一声欢呼！

这些石头不要钱

朋友住在郊区，我许久没去他家了。有一天，天气极好，我在山径上开车，竟与他的车不期而遇。他正拿着相机打算去拍满山的“五节芒”，可惜没碰上如意的景，倒是把我这个成天“无事忙”的朋友给带回家去吃中饭了。

几年没来，没想到他家“焕然一旧”。空荡荡的大院子里如今有好多棵移来的百年老茄冬，树下又横卧着水牛似的石头，可供饱饭之人大睡一觉的那种大石头。

我嫉妒得眼珠都要发红了，想想自己每天被油烟呛得要死，他们却在此与百年老树共呼吸，与万载巨石同座席。

“这些石头，这些树，要花多少钱？”

“这些吗？怎么说呢？”朋友的妻笑起来，“这些等于不要钱。石头是人家挖土挖出来的，放在一边，我们花了几包烟几瓶酒就换来了。树呢，也是，都是人家不要的。我们今天不收，它明天就要被人家拿去当柴烧。我们看了不忍心，只好买下来救它一命。”

看来他们夫妇在办“老树收容所”了。

“怎么搬来的？”

"哈，那就不得了啦！搬树搬石头可花了大钱，大概要二十万呢！"

真不公平，石头不要钱，搬石头的却大把收钱。

我忽然明白了，凡是上帝造的，都不要钱，白云不以斗量求售，浪花不用计码应市。但只要碰到人力，你就得给钱。水本身不要钱，但从水龙头出来的水却需要按量收费。玉兰花不要钱，把花采好提在花篮里卖就要钱了。

如果上帝也要收费呢？如果他要收设计费和开模费呢？果真如此，只要一天活下来，我们任何一个人都要变得赤贫，还不到黄昏，我们已经买不起下一口空气了。

我躺在这不属于我的院子里，在一块不经由我买来的石头上，于一个不由我设计的浮生半日，享受着不需付费的秋日阳光。

盒子

过年，女儿去买了一小盒她心爱的蛋糕，因为是她的“私房点心”，她很珍惜，每天只切一小片来享受，但熬到正月十五元宵节，也终于吃完了。

黄昏灯下，她看着空空的盒子，恋恋地说：“这盒子，怎么办呢？”

我走过去，跟她一起发愁，盒子依然漂亮，是闪烁生辉的金属薄片做成的。但这种东西目前不回收，而且，蛋糕又已吃完了……

“丢了吧！”我狠下心说。

“曾经装过那么好吃的蛋糕的盒子呢！”女儿用眼睛，继续舔着余芳犹存的盒子，像小猫一般。

“装过更好的东西的盒子也都丢了呢！”我说着说着就悲伤愤怒起来，“装过莎士比亚全部天才的那具身体不是丢了吗？装过伍尔德，装过塞缪尔？贝克特，装过李贺，装过苏东坡，装过台静农的那些身体又能怎么样？还不是说丢就丢？丢个盒子算什么？只要时间一到，所有的盒子都得丢掉！”

那个晚上，整个城市华灯高照，是节庆的日子！我却偏偏说些不吉利的话——可是，生命本来不就是那么一回事吗？

曾经是一段惊人的芬芳甜美，曾经装在华丽炫目的盒子里，曾经那么招人喜爱，曾经令人欣羡垂涎，曾经傲视同侪，曾经光华自足……而终于人生一世，善舞的，舞低了杨柳楼头的皓月。善战的，踏遍了沙场的暮草荒烟。善诗的，惊动了山川鬼神。善于聚敛的，有黄金珠玉盈握……而至于他们自己的一介肉身，却注定是抛向黄土的一具盒子。

“今晚垃圾车来的时候，记得要把它丢了，”我柔声对女儿说，“装过那么好吃的蛋糕也就够了。”

谢谢

我深爱这两个字，这是人类共有的最美丽的语言。凡不肯说“谢谢”的人，是一个骄傲冷漠的人，他觉得在这个世界过的是“银货两讫”的日子。他是工商业社会的产物，他觉得他不欠谁、不求谁，他所拥有的东西都是他该得的，所以他不需要向谁说“谢谢”。

但我知道，我并不“该”得什么，我曾赤手空拳地来到这个世界，没有人“该”爱我，没有人“该”养我，没有人“该”为我废寝忘食。我也许缴了学费，但老师那份关怀器重是我买得到的吗？我也许付了米钱，但农民的辛劳岂是我那一点儿钱报答得了的？

曾有一个得道的人说：“日日是好日！”用现代语言表达，我要说：“每一天都是感恩节。”不是在生命退潮的黄昏，而是现在，我要学习说“谢谢”。在日风渐薄的今天，我们越来越少发现涌自内心的谢意，不管是对人的，还是对天的。

其实，值得感谢的岂止是天、地、日、月、星辰？天地三光之上的主宰岂不更该感谢？在这个茫茫大荒的宇宙中，我们究竟付出了什么而这样理直气壮地坐享一切呢？我们曾购买过“生之入场券”吗？我们曾预定过阳光、函购过月色吗？对于我们每一秒钟都在享用的空气，我们自始至终曾纳过税吗？我们曾喝过多少水？那是出于谁的布施？然而我们不肯说“谢谢”。

如果花香要付钱，如果无边的年年换新的草原和地毯等价，如果喜马拉雅山和假山一样计石块算钱的话，希腊船王奥纳西斯的遗产够付吗？如果以金钱来计，一个人要献上多少钱，才有资格去观赏令人感动泣下的一个新生婴儿发亮的眼睛和挥舞的小手呢？然而我们不肯说“谢谢”。

古老的故事里记载：“汉武帝以铜人作承露盘，高二十丈，大十围。上有仙人掌，承露和玉屑，饮之以求仙。”其实，汉武帝的手法是太麻烦了，承受天露是不必铸造那样高耸入云的承露盘的，如果上帝给任何卑微的小草均沾上露水，他难道会吝惜把百倍丰富的天恩给我们吗？要求仙，何须制造“露水如玉屑”的特殊饮料呢？只要我们能像一个单纯的孩童，欣然地为朝霞大声喝彩，为树梢的风向而凝目深思，为人跟人之间的忠诚、友谊而心存感动，为人如果能存着满心美好的激越，岂不比成“仙”更好？那些玉屑调露水的配方并没有使一个雄图大略的汉武帝取得应有的平静祥和，相反的，在他老年时一场疑心生暗鬼的蛊惑里，牵连了上万人的性命。他永远不曾知道一颗知恩感激的心才是真正的承露盘，才能承受最清冽的甘露。

中国人的谦逊，总喜欢说“谬赏”“错爱”，英文里却喜欢说“相信我，我不会使你失望的”。作为一个中国人，我更能接受的是前一种态度，当有人赞美我或欣赏我时，我心里会暗暗惭愧，我会想：“不！不！我不像你说得那么好，你喜欢我的作品，只能解释为一种缘分，一种错爱。古今中外，可欣赏可膜拜的作品有多少，而你独钟于我，这就使我感激万端。”

我的心在感激时降得更卑微、更低，像一片深陷的湖泊，我因而承受了更多的雨露。到底是由大地来感谢一粒种子呢？还是种子应该感谢大地呢？都应该。感谢会使大地更温柔地感到种子的每一下脉动，感谢也会使种子更切肤地接触到大地的体温。

“谢谢”使人在漠漠的天地间忽然感到一种“知遇之恩”。“谢谢”使我们忘却怨尤，豁然开朗。让我们从心底说一声：“谢谢！”——对我们曾身受其惠的人，对我们曾身受其惠的天。

我在

记得是小学三年级，偶然生病，不能去上学，于是抱膝坐在床上，望着窗外寂寂青山、迟迟春日，心里竟有一份巨大幽沉至今犹不能忘的凄凉。当时因为小，无法对自己说清楚那番因由，但那份痛，却是记得的。

为什么痛呢？现在才懂，只因你知道，你的好朋友都在那里，而你偏不在，于是你痴痴地想，他们此刻在操场上追追打打吗？他们在教室里挨骂吗？他们到底在干什么啊？不管是好是歹，我想跟他们在一起啊！一起挨骂挨打都是好的啊！

于是，开始喜欢点名，大清早，大家都坐得好好的，小脸还没有开始脏，小手还没有汗湿，老师说：

“×××”

“在！”

正经而清脆，仿佛不是回答老师，而是回答宇宙乾坤，告诉天地、告诉历史，说，有一个孩子“在”这里。

回答“在”字，对我而言总是一种饱满的幸福。

然后，长大了，不必被点名了，却迷上旅行。每到山水胜处，总想举起手来，像那个老是睁着好奇圆眼的孩子，回一声：

“我在。”

“我在”和“某某到此一游”不同，后者张狂跋扈，目无余子，而说“我在”的仍是个清晨去上学的孩子，高高兴兴地回答长者的问题。

其实人与人之间，或为亲情或为友情或为爱情，哪一种亲密的情谊不能基于我在这里，刚好，你也在这里的前提？一切的爱，不就是“同在”的缘分吗？就连神明，其所以为神明，也无非由于“昔在、今在、恒在”，以及“无所不在”的特质。而身为一个人，我对自己“只能出现于这个时间和空间的局限”感到另一种可贵，仿佛我是拼图板上扭曲奇特的一块小形状，单独看，毫无意义，及至恰恰嵌在适当的时空，却也是不可少的一块。天神的存在是无始无终浩浩莽莽的无限，而我是此时际此山此水中的有情和有觉。

有一年，和丈夫带着一团的年轻人到美国和欧洲去表演，我坚持选崔颢的《长干曲》作为开幕曲，在一站复一站的陌生城市里，舞台上碧色绸子抖出来粼粼水波，唐人乐府悠然导出：

君家何处住？妾住在横塘。

停船暂借问，或恐是同乡。

渺渺烟波里，只因错肩而过，只因你在清风我在明月，只因彼此皆在这地球，而地球又在太虚，所以不免停舟问一句话，问一问彼此隶属的籍贯，问一问昔日所生、他年所葬的故里，那年夏天，我们也是这样一路去问海外中国人的隶属所在的啊！

《旧约》里记载了一则三千年前的故事，那时老先知以利因年迈而昏聩无能，坐视宠坏的儿子横行，小先知撒母耳却仍是幼童，懵懵懂懂地穿件小法袍在空旷的大圣殿里走来走去。然而，事情发生了，有一夜他听见轻声的呼唤：

“撒母耳！”

他虽瞌睡却是个机警的孩子，跳起来，便跑到老人以利面前：

“你叫我，我在这里！”

“我没有叫你，”老态龙钟的以利说，“你去睡吧！”

孩子躺下，他又听到相同的叫唤：

“撒母耳！”

“我在这里，是你叫我吧？”他又跑到以利跟前。

“不是，我没叫你，你去睡吧。”

第三次他又听见那召唤的声音，小小的孩子实在给弄糊涂了，但他仍然尽快跑到以利面前。

老以利蓦然一惊，原来孩子已经长大了，原来他不是小孩子梦里听错了话，不，他已听到第一次天音，他已面对神圣的召唤。虽然他只是一个稚弱的小孩，虽然他连什么是“天之钟命”也听不懂，可是，旧时代毕竟已结束，少年英雄会受天承运挑起八方风雨。

“小撒母耳，回去吧！有些事，你以前不懂，如果你再听到那声音，你就说：‘神啊！我在这里。’”

撒母耳果真第四度听到声音，夜空烁烁，廊柱耸立如历史，声音从风中来，声音从星光中来，声音从心底的潮声中来，来召唤一个孩子。撒母耳自此至死，一直是个威仪赫赫的先知，只因多年前，当他还是稚童的时候，他答应了那声呼唤，并且说：“我，在这里。”

我当然不是先知，从来没有想做“救星”的大志，却喜欢让自己是一个“紧急待命”的人，随时能说：“我在，我在这里！”

这辈子从来没喝得那么多，大约是一瓶啤酒吧，那是端午节的晚上，在澎湖的小离岛。为了纪念屈原，渔人那一天不出海，小学校长陪着我们和家长会的朋友吃饭，对着仰着脖子的敬酒者你很难说“不”。他们喝酒的样子和我习见的学院人士大不相同，几杯下肚，忽然红上脸来，原来酒的力量竟是这么大的。起先，那些宽阔黧黑的脸不免不自觉地有一分面对台北人和读书人的卑抑，但一喝了酒，竟人人急着说起话来，说他们没有淡水的日子怎么苦，说淡水管如何修好了又坏了，说他们宁可倾家荡产，也不要天天开船到别的岛上去搬运淡水……

而他们嘴里所说的淡水，在台北人看来，也不过是咸涩难咽的怪味水罢了——只是于他们却是遥不可及的美梦。

我们原来只是想去捐书，只是想为孩子们设置阅览室，没有料到他们红着脸粗着脖子叫嚷的却是水！这个岛有个好听的名字，叫“鸟屿”，岩岸是美丽的黑得发亮的玄武石组成的。浪大时，水珠会跳过教室直落到操场上来，澄莹的蓝波里有珍贵的丁香鱼，此刻餐桌上则是酥炸的海胆，鲜美的小鳍……然而这样一个岛，却没有淡水。

我能为他们做什么？在同盏共饮的黄昏，也许什么都不能，但至少我在这里，在倾听，在思索我能做的事……

读书，也是一种“在”。

有一年，到图书馆去，翻一本《春在堂笔记》，那是俞樾先生的集子，红绸精装的封面，打开封底一看，竟然从来也没人借阅过，真是“古来圣贤皆寂寞”啊！心念一动，便把书借回家去。书在，春在，但也要读者在才行啊！我的读书生涯竟像某些人玩“碟仙”，仿佛面对作者的精魄。对我而言，李贺是随召而至的，悲哀悼亡的时刻，我会说：“我在这里，来给我念那首《苦昼短》吧！念‘吾不识青天高，黄地厚，唯见月寒日暖，来煎人寿’。”读那首韦应物的《调笑令》的时候，我会轻轻地念：“胡马，胡马，远放燕支山下。跑沙跑雪独嘶，东望西望路迷。迷路，迷路，边草无穷日暮。”一面觉得自己就是那从唐朝一直狂驰至今不停的战马，不，也许不是马，只是一股激情，被美所迷，被莽莽黄沙和胭脂红的落日所震慑，因而心绪万千，不知所止的激情。

看书的时候，书上总有绰绰人影，其中有我，我总在那里。

《旧约·创世记》里，堕落后的亚当在凉风乍至的伊甸园把自己藏匿起来。上帝说：

“亚当，你在哪里？”

他噤而不答。

如果是我，我会走出，说：“上帝，我在，我在这里，请你看着我，我在这里。不比一个凡人好，也不比一个凡人坏，我有我的逊顺祥和，也有我的叛逆凶戾，我在我无限的求真求美的梦里，也在我脆弱不堪一击的人性里。上帝啊，俯察我，我在这里。”

“我在”，意思是说我出席了，在生命的大教室里。

几年前，我在山里说过的一句话容许我再说一遍，作为终响：

“树在。山在。大地在。岁月在。我在。你还要怎样更好的世界？”

第六辑　不知有花

画晴

落了许久的雨，天忽然晴了。心理上就觉得似乎捡回了一批失落的财宝，天的蓝宝石和山的绿翡翠在一夜之间又重现在晨窗中了。阳光倾注在山谷中，如同一盅稀薄的葡萄汁。

我起来，走下台阶，独自微笑着、欢喜着。四下一个人也没有，我就觉得自己也没有了。天地间只有一团喜悦、一腔温柔、一片勃勃然的生气，我走向田畦，就以为自己是一株恬然的菜花。我举袂迎风，就觉得自己是一缕宛转的气流，我抬头望天，却又把自己误以为明灿的阳光。我的心从来没有这样宽广过，恍惚中忆起一节经文："上帝叫日头照好人，也照歹人。"我第一次那样深切地体会到造物的深心，我就忽然热爱起一切有生命和无生命的东西来了。我那样渴切地想对每一个人说声"早安"。

不知怎的，忽然想起住在郊外的陈，就觉得非去拜访她不可，人在这种日子里真不该再有所安排和计划的。在这种阳光中如果不带有几分醉意，凡事随兴而行，就显得太不调和了。

转了好几班车，来到一条曲折的黄泥路。天晴了，路刚晒干，温温软软的，让人感觉到大地的脉搏。一路走着，不觉到了，我站在竹篱面前，连吠门的小狗也没有一只。门上斜挂了一把小铃，我独自摇了半天，猜想大概是没人了。低头细看，才发现一个极小的铜锁——她也出去了。

我又站了许久，不知道自己该往哪里去。想要留个纸条，却又说不出所以造访的目的。其实我并不那么渴望见她的。我只想消磨一个极好的太阳天，只想到乡村里去看看五谷六畜怎样欣赏这个日子。

抬头望去，远处禾场很空阔，几垛稻草疏疏落落地散布着。颇有些仿古制作的意味。我信步徐行，发现自己正走向一片广场。黄绿不匀的草在我脚下伸展着，奇怪的大石在草丛中散置着。我选了一块比较光滑的斜靠而坐，就觉得身下垫的，和身上盖的都是灼热的阳光。我陶醉了许久，定神环望，才发现这景致简单得不可置信——一片草场，几块乱石。远处唯有天草相连，近处只有好风如水。没有任何名花异草，没有任何仕女云集。但我为什么这样痴呆地坐呢？我是被什么吸引着呢？

我悠然地望着天，我的心就恍然回到往古的年代，那时候必然也是一个久雨后的晴天，一个村野之人，在耕作之余，到禾场上去晒太阳。他的小狗在他的身边打着滚，弄得一身的草。他酣然地躺着，傻傻地笑着，觉得没人经历过这样的幸福。于是，他兴奋起来，喘着气去叩王室的门，要把这宗秘密公布出来。他万没有想到所有听见的人都掩袖窃笑，从此把他当作一个典故来打趣。

他有什么错呢？因为他发现的真理太简单吗？但经过这样多的世纪，他所体味的幸福仍然不是坐在暖气机边的人所能了解的。如果我们肯早日离开阴深黑暗的蛰居，回到热热亮亮的光中，那该多美啊！

头顶上有一棵不知名的树，叶子不多，却都很青翠，太阳的影像从树叶的微隙中筛了下来。暖风过处满地圆圆的日影都欣然起舞。

唉，这样温柔的阳光，对于庸碌的人而言，一生之中又能几遇呢？

坐在这样的树下，又使我想起自己平日对人品的观察。我常常觉得自己的浮躁和浅薄就像“夏日之日”，常使人厌恶、回避。于是在深心之中，总不免暗暗地向往着一个境界——“冬日之日”。那是光明的，却毫不刺眼。是暖热的，却不致灼人。什么时候我才能那样含蕴，那样温柔敦厚而又那样深沉呢？

“如果你要我成为光，求你叫我成为这样的光。”我不禁用全心灵祷求，“不是独步中天，造成气焰和光芒。而是透过灰冷的心，用一腔热忱去温暖一切僵坐在阴湿中的人。”

渐近日午，光线更明朗了，一切景物的色调开始变得浓重。记得读过段成式的作品，独爱其中一句：“坐对当窗木，看移三面阴。”想不到我也有缘领略这秋静趣，其实我所欣赏的，前人已经欣赏了。我所感受的，前人也已经感受了。但是，为什么这些经历依旧是这么深，这么新鲜呢？

身旁有一袋点心，是我顺手买来打算送给陈的。现在却成了我的午餐。一个人，在无垠的草场上，咀嚼着简单的干粮，倒也是十分有趣。在这种景色里，不觉其饿，却也不觉其饱。吃东西只是一种情趣，一种艺术。

我原来是带了一本词集子的，却一直没打开，总觉得直接观赏情景，比间接的观赏要深刻得多。饭后有些倦了，才顺手翻它几页。不觉沉然欲睡，手里还拿着书，人已经恍然踏入另一个境界。

等到醒来，发现几只黑色瘦胚的羊，正慢慢地啮着草，远远的有一个孩子跷脚躺着，悠然地嚼着一根长长的青草。我抛书而起，在草场上迂回漫步。难得这宁静的下午，我的脚步声和羊群的啮草声都清晰可闻。回头再看看那曲臂为枕的孩子，不觉有点羡慕他那种“富贵于我如浮云”的风度了。几只羊依旧依头择草，恍惚间只让我觉得它们嚼的不只是草，而是冬天里半发的绿意，以及草场上无边无际的阳光。

日影稍稍西斜了，光辉却仍旧不减，在一天之中，我往往偏爱这一刻。我知道有人歌颂朝云，有人爱恋晚霞，至于耀眼的日升和幽邃的黑夜都惯受人们的钟爱。唯有这样平凡的下午，没有一点彩色和光芒的时刻，常常会被人遗忘。但我却不能自禁地喜爱并且瞻仰这份宁静、恬淡和收敛。我回到自己的位置坐下，茫茫草原，就只交付我和那看羊的孩子吗？叫我们如何消受得完呢？

我抬头，只见微云掠空，斜斜地排着，像一首短诗，像一阕不规则的小令。看着看着，就忍不住发出许多奇想。记得元曲中有一段述说一个人不能写信的理由：“不是无情思，过青江，买不得天样纸。”而现在，天空的蓝笺已平铺在我头上，我却又苦于没有云样的笔。其实即使有笔如云，也不过随写随抹，何尝尽责描绘造物之奇。至于和风动草，大概本来也想低吟几句云的作品。只是云彩总爱反复地更改着，叫风声无从传布。如果有人学会云的速记，把天上的文章流传几篇到人间，却又该多么好呢。

正在痴想之间，发现不但云朵的形状变幻着，连它的颜色也奇异地转换了。半天朱霞，粲然如焚，映着草地也有三分红意了。不仔细分辨，就像莽原尽处烧着一片野火似的。牧羊的孩子不知何时已把他的羊聚拢了，村落里炊烟袅升，他也就隐向一片暮霭中去了。

我站起身来，摸摸石头还有一些余温，而空气中却沁进几分凉意了。有一群孩子走过，每人抱着一怀枯枝干草。忽然见到我就停下来，互相低语着。

“她有点奇怪，不是吗？”

"我们这里从来没有人来远足的。"

"我知道，"有一个较老成的孩子说，"他们有的人喜欢到这里来画图的。"

"可是，我没有看见她的纸和她的水彩呀！"

"她一定画好了，藏起来了。"

得到满意的结论以后，他们又作一行归去了。远处有疏疏密密的竹林，掩映一角红墙，我望着他们各自走向他们的家，心中不禁怃然若失。想起城市的街道，想起两侧壁立的大厦，人行其间，抬头只见一线天色，真仿佛置身于死荫的幽谷了。而这里，在这不知名的原野中，却是遍地泛滥着阳光。人生际遇不同，相去多么远啊！

我转身离去，落日在我身后画着红艳的圆。而远处昏黄的灯光也同时在我面前亮起。那种壮丽和寒碜成为极强烈的对照。

遥遥地看到陈的家，也已经有了灯光，想她必是倦游归来了，我迟疑了一下，没有走过去摇铃，我已拜望过郊上的晴朗，不必再看她了。

走到车站，总觉得手里比来的时候多了一些东西，低头看看，依然是那一本旧书。这使我忽然迷惑起来，难道我真的携有一张画吗？像那个孩子所说的："画好了，藏起来了！"

归途上，当我独行在黑茫茫的暮色中，我就开始接触那幅画了。它是用淡墨染成晴郊图，画在平整的心灵素宣上，在每一个阴黑的地方向我展示。

不知有花

那时候，是五月，桐花在一夜之间，攻占了所有的山头。历史或许是由一个一个的英雄豪杰叠成的，但岁月——岁月对我而言是花和花的禅让所缔造的。

桐花极白，极矜持，花心却又泄露些许微红。我和我的朋友都认定这花有点诡秘——平日守口如瓶，一旦花开，则所向披靡，灿如一片低飞的云。

车子停在一个小客家山村，走过紫苏茂盛的小径，我们站在高大的桐树下。山路上落满白花，每一块石头都因花罩而极尽温柔。仿佛战马一旦披上了绣帔，也可以供女人骑乘。

而阳光那么好，像一种叫“桂花蜜酿”的酒，人走到林子深处，不免叹息气短，对着这惊心动魄的手笔感到无能为力，强大的美有时令人虚脱。

忽然有个妇人行来，赭红的皮肤特别像那一带泥土的色调。

“你们来找人？”

“我们——来看花。”

“花？”妇人匆匆往前赶路，一面丢下一句，“哪有花？”

由于她并不在求答案，我们也噤然不知如何接腔，只是相顾愕然，如此满山满林扑面迎鼻的桐花，她居然问我们“哪有花”？

但风过处花落如雨，似乎也并不反对她的说法。忽然，我懂了，这是她的家，这前山后山的桐树是他们的农作物，是大型的庄稼。而农人对他们的花，一向是视而不见的。在他们看来，玫瑰是花，剑兰是花，菊是花，至于稻花桐花，那是不算的。

使我们为之绝倒发痴的花，她竟然可以担着水怡然走过千遍，并且说：“花？哪有花？”

我想起少年时游狮头山，站在庵前看晚霞落日，只觉如万艳争流竞渡，一片西天华美到几乎受伤的地步，忍不住返身对行过的老尼说：

“快看那落日！”

她安静垂眉道：

“天天都是这样！”

事隔二十年，这山村女子的口气，同那老尼竟如此相似，我不禁暗暗嫉妒起来。

不为花而目醉神迷、惊愕叹息的，才是花的主人吧！对那大声地问我“哪有花”的山村妇人而言，花是树的一部分，树是山林的一部分，山林是生活的一部分，而生活是浑然大化的一部分，她与花可以像山与云，相亲相融而不相知。

年年桐花开的时候，我总想起那妇人，步过花潮花汐而不知有花的妇人，并且暗暗嫉妒。

描容

一

有一次，和朋友约好了搭早晨七点的车去太鲁阁公园管理处，不料闹钟失灵，醒来时已经七点了。

我跳起来，改去搭飞机，及时赶到。管理处派人来接，但来人并不认识我，于是先到的朋友便七嘴八舌地把我形容一番：

“她信基督教。”

“她是写散文的。”

“她看起来好像不紧张，其实，才紧张呢！”

形容完了，几个朋友自己也相顾失笑，这么一堆抽象的说辞，叫那年轻人如何在人堆里把要接的人辨认出来？

事后，他们说给我听，我也笑了，一面佯怒，说：

“哼，朋友一场，你们竟连我是什么样子也说不出来，太可恶了。”

转念一想，却也有几分惆怅——其实，不怪他们，叫我自己来形容我自己，我也一样不知从何说起。

二

有一年，带着稚龄的小儿小女全家去日本，天气正由盛夏转秋，人到富士山腰，租了匹漂亮的栗色大马去行山径。低枝拂额，山鸟上下，“随身听”里翻着新买来的“三弦”古乐。抿一口山村自酿的葡萄酒，淡淡的红，淡淡的芬芳……蹄声得得，旅途比预期的还要完美……

然而，我在一座山寺前停了下来，那里贴着一张大大的告示，由不得人不看。告示上有一幅男子的照片，奇怪的是那日文告示，我竟大致看明白了。它的内容是说，两个月前有个六十岁的男子登山失踪了，他身上靠腹部地方因为动过手术，有条十五厘米长的疤口，如果有人发现这位男子，请通知警方。

叫人用腹部的疤来辨认失踪的人，当然是假定他已是尸体了。否则凭名字相认不就可以了吗?

寺前痴立，我忽觉大恸，这座外形安详的富士山于我是闲来的行脚处，于这男子却是残酷的埋骨之地啊！时乎，命乎，叫人怎么说呢?

而真正令我悲伤的是，人生至此，在特征栏里竟只剩下那么简单赤裸的几个字:“腹上有十五厘米长的疤痕”！原来人一旦撒手了，所有人间的形容词都顿然失败，所有的学历、经验、头衔、土地、股票持份或功勋伟绩全部不相干了，真正属于此身的特点竟可能只是一记疤痕或半枚蛀牙。

山上的阳光淡寂，火山地带特有的黑土踏上去松软柔和，而我意识到山的险峻。每一转折都自成祸福，每一岔路皆隐含杀机。如我一旦失足，则寻人告示上对我的形容词便没有一句会和我平生努力以博得的成就有关了。

我站在寺前，站在我从不认识的山难者的寻人告示前，黯然落泪。

三

所有的“我”，其实不都是一个名词吗？可是我们是复杂而又啰唆的人类，我们发明了形容词——只是我们在形容自己的时候却又忽然词穷。一个完完整整的人，岂是能用三言两语胡乱描绘的？

对我而言，做小人物并没什么不甘，却有一项悲哀，就是要不断地填表格，不断把自己纳入一张奇怪的方方正正的小纸片。你必须不厌其烦地告诉人家你是哪年生的？生在哪里？生日是哪一天？（奇怪：我为什么要告诉他我的生日呢？他又不送我生日礼物。）家在哪里？学历是什么，身份证号码几号？护照号码几号？几月几日签发的？公保证号码几号？好在我颇有先见之明，从第一天起就把身份证和护照号码等一概背得烂熟，以便有人要我填表时可以不经思索熟极而流。

然而，我一面填表，一面不免想“我”在哪里啊？我怎会在那张小小的表格里呢？我填的全是些不相干的资料啊！资料加起来的总和并不是我啊！

尤其离奇的是那些大张的表格，它居然要求你写自己的特长，写自己的语文能力，自己的缺点……奇怪，这种表格有什么用呢？你把它发给梁实秋，搞不好，他谦虚起来，硬是只肯承认自己“粗通”英文，你又如何？你把它发给甲级流氓，难道他就承认自己的缺点是“爱杀人”吗？

我填这些形容自己的资料也总觉不放心。记得有一次填完“缺点”

以后，我干脆又慎重地加上一段：“我填的这些缺点其实只是我自己知道的缺点，但既然是知道的缺点，其实就不算是严重的缺点。我真正的缺点一定是我不知道或不肯承认的。所以，严格地说，我其实并没有能力写出我的缺点来。”

对我来说，最美丽的理想社会大概就是不必填表的社会吧！那样的社会，你一个人在街上走，对面来了一位路人，他拦住你，说：

“咦？你不是王家老三吗？你前天才过完三十九生日是吧？我当然记得你生日，那是元宵节前一天嘛！你爸爸还好吗？他小时候顽皮，跌过一次腿，后来接好了，现在阴天犯不犯痛？不疼？啊，那就好。你妹妹嫁得好吧？她那丈夫从小就不爱说话，你妹妹叽叽呱呱的，配他也是老天爷安排好的。她耳朵上那个耳洞没什么吧？她生出来才一个月，有一天哭个不停，你嫌烦，找了根针就去给她扎耳洞，大人发现了，吓死了，要打你，你说因为听说女人扎了耳洞挂了耳环就可以出嫁了，她哭得人烦，你想把她快快扎了耳洞嫁掉算了！你说我怎么知道这些事，怎么不知道？这村子上谁家的事我不知道啊……”

那样的社会，人人都知道别家墙角有几株海棠，人人都熟悉对方院子里几只母鸡，表格里的那一堆资料要它何用？

其实小人物填表固然可悲，大人物恐怕也不免此悲吧？一个刘彻，他的一生写上十部奇情小说也绰绰有余。但人一死，依照谥法，也只落一个汉武帝的“武”字，听起来，像是这人只会打仗似的。谥法用字历代虽不大同，但都是好字眼，像那个会说出“何不食肉糜？”的皇帝，死后也混到个“惠帝”的谥号。反正只要做了皇帝，便非“仁”即“圣”，非“文”即“武”，非“睿”即“神”……做皇帝做到这样，又有什么意思呢？长长的一生，死后只剩下一个字，冥冥中仿佛有一排小小的资料夹，把汉武帝跟梁武帝放在一个夹子里，把唐高宗和清高宗做成编类相同的资料卡。

悲伤啊，所有的“我”本来都是“我”，而别人却急着把你编号归类——就算是皇帝，也无非放进镂金刻玉的资料夹里去归类吧！

相较之下，那惹人訾义的武则天女皇就佻达多了，她临死之时嘱人留下“无字碑”。以她当时身为母后的身份而言。还会没有当朝文人来谀墓吗？但她放弃了。年轻时，她用过一个名字来形容自己，那是“曌”，是太阳、月亮和晴空。但年老时，她不再需要任何名词，更不需要形容词。她只要简简单单地死去，像秋来喑哑萎落的一只夏蝉，不需要半句赘词来送终，她赢了，因为不在乎。

四

而茫茫大荒，漠漠今古，众生平凡的面目里，谁是我，我又复谁呢？我们却是在乎的。

明传奇《牡丹亭》里有个杜丽娘，在她自知不久于人世之际，一意挣扎而起，对着镜子把自己描绘下来，这才安心去死。死不足惧，只要能留下一副真容，也就扳回一点胜利。故事演到后面，她复活了，从画里也从坟墓里走了出来，作者似乎相信，真切地自我描容，是令逝者能永存的唯一手法。

米开朗琪罗走了，但我们从圣母垂眉的悲悯中重见五百年前大师的哀伤。而整套完整的儒家思想，若不是以仲尼在大川上的那一声“逝者如斯夫！不舍昼夜”的长叹作底调，就显得太平板僵直，如道德教条了。一声轻轻的叹息，使我们惊识圣者的华颜。那企图把人间万事都说得头头是道的仲尼，一旦面对巨大而模糊的“时间”对手，也有他不知所措的悸动！那声叹息于我有如两千五百年前的录音带，至今音纹清晰，声声入耳。

艺术和文学，从某一个角度看，也正是一个人对自己的描容吧，而描容者是既喜悦又悲伤的，他像一个孩子，有点“人来疯”，他急着说：“你看，你看，这就是我，万古宇宙，就只有这么一个我啊！”

然而诗人常是寂寞的——因为人世太忙，谁会停下来听你说“我”呢？

马来西亚有个古旧的小城马六甲，我在那城里转来转去，为五百年来中国人走过的脚步惊喜叹服。正午的时候，我来到一座小庙。

然而我不见神明。

“这里供奉什么神？”

“你自己看。”带我去的人笑而不答。

小巧明亮的正堂里，四面都是明镜，我瞻顾，却只有我自己。

“这庙不设神明——你想来找神，你只能找到自身。”

只有一个自身，只有一个一空依傍的自我，没有莲花座，没有祥云，只有一双踏遍红尘的鞋子，载着一个长途役役的旅人走来，继续向大地叩问人间的路径。

好的文学艺术也恰如这古城小庙吧？香客在环顾时，赫然于镜鉴中发现自己，见到自己的青青眉峰，盈盈水眸，见到如周天运行生生不已的小宇宙——那个“我”。

某甲在画肆中购得一幅大大的天盖地的“泼墨山水”，某乙则买到一张小小的意态自足的“梅竹双清”，问者问某甲说：你买了一幅山水吗？”某甲说：“不是，我买的是我胸中的丘壑。”问者转问某乙：“你买了一幅梅竹吗？”某乙回答说：“不然，我买的是我胸中的逸气。”描容者可以描摹自我的眉目，肯买货的人却只因看见自家的容颜。

月，阙也

“月，阙也。”这是一本两千年前的文字学专著的解释。阙，就是“缺”的意思。那解释使我着迷。曾国藩把自己的住所题作“求阙斋”，求缺？为什么？为什么不求完美？那斋名也使我着迷。“阙”有什么好呢？“阙”简直有点像古中国性格中的一部分，我渐渐爱上了“阙”的境界。

我不再爱花好月圆了吗？不是的，我只是开始了解花开是一种偶然，但我同时学会了爱它们月不圆花不开的“常态”。

在中国的传统里，“天残地缺”或“天聋地哑”的说法几乎是毫无疑问地被一般人所接受。也许由于长期的患难困顿，中国神话对天地的解释常是令人惊讶的。在《淮南子》里，我们发现中国的天空和中国的大地都是曾经受伤的。女娲以其柔和的慈手补缀抚平了一切残破。当时，天穿了，女娲炼五色石补了天。地摇了，女娲折断了神鳌的脚爪垫稳了四极（多像老祖母叠起报纸垫桌子腿）。她又像一个能干的主妇，扫了一堆芦灰，止住了洪水。

中国人一直相信天地也有其残缺。

我非常喜欢中国西南部有一则少数民族的神话。他们说，天地是男神女神合造的。当时男神负责造天，女神负责造地。等他们各自分头完成了天地而打算合在一起的时候，可怕的事发生了；女神太勤快，她把地造得太大，以至于跟天没办法合得起来了。但是，他们终于想到了一个好办法，他们把地折叠了起来，形成高山低谷，然后，天地才结合起来了。

是不是西南的崇山峻岭给他们灵感，使他们想起这则神话呢？天地是有缺陷的，但缺陷造成了皱褶，皱褶造成了奇峰幽谷之美。月亮是不能常圆的，人生不如意十之八九，当我们心平气和地承认这一切缺陷的时候，我们忽然发觉没有什么是不可以接受的。

在另一则汉民族的神话里，说到大地曾被共工氏撞不周山时撞歪了——从此“地陷东南”，长江黄河便一路浩浩渺渺地向东流去，流出几千里的惊心动魄的风景。而天空也在当时被一起撞歪了，不过歪的方向相反，是歪向西北，据说日月星辰因此哗啦一声大部分都倒到那个方向去了。如果某个夏夜我们抬头而看，忽然发现群星灼灼然的方向，就让我们相信，属于中国的天空是“天倾西北”的吧！

五千年来，汉民族便在这歪倒倾斜的天地之间挺直脊骨生活下去，只因我们相信残缺不但是可以接受的，而且是美丽的。而月亮，到底曾经真正圆过吗？人生世上其实也没有看过真正圆的东西，一张葱油饼不够圆，一块镍币也不够圆，即使是圆规画的圆，如果用高度显微镜来看也不可能圆得很完美。

真正的圆存在于理念之中，而在现实的世界里，我们只能做圆的“复制品”。就现实的操作而言，一截圆规上的铅笔芯在画圆的起点和终点时，已经粗细不一样了。所有的天体远看都呈球形，但并不是绝对的圆，地球是约略近于椭圆形。就算我们承认月亮约略的圆光也算圆，它也是“方其圆时，即其缺时”。有如十二点整的钟声，当你听到钟声时，已经不是十二点了。此外，我们更可以换个角度看。我们说月圆月缺其实是受我们有限的视觉所欺骗。有盈虚变化的是月光，而不是月球本身。月何尝圆，又何尝缺，它只不过像地球一样不增不减地兀自圆着——以它那不十分圆的圆。

花朝月夕，固然是好的，只是真正的看花人哪一刻不能赏花？在初生的绿芽嫩嫩怯怯的探头出土时，花已暗藏在那里。当柔软的枝条试探地在大气中舒手舒脚时，花隐在那里。当蓓蕾悄然结胎时，花在那里。当花瓣怒张时，花在那里。当香销红黯委地成泥的时候，花仍在那里。当一场雨后只见满丛绿肥的时候，花还在那里。当果实成熟时，花还在那里，甚至当果核深埋地下时，花依然在那里。

或见或不见，花总在那里。或盈或缺，月总在那里。不要做一朝的看花人吧！不要做一夕的赏月人吧！人生在世哪一刻不美好完满？哪一刹不该顶礼膜拜感激欢欣呢？

因为我们爱过圆月，让我们也爱缺月吧——它们原是同一个月亮啊！

六桥

——苏东坡写得最长最美的一句诗

这天清晨，我推窗望去，向往已久的苏堤和六桥，与我遥遥相对。我穆然静坐，不敢喧哗，心中慢慢地把人类和水的因缘回想一遍：

大地，一定曾经是一项奇迹，因为它是大海里面浮凸出来的一块干地。如果没有这块干地，对鲨鱼当然没有影响，海豚大概也不表反对，可是我们人类就完了，我们总不能一直游泳而不上岸吧！

岸，对我们是重要的，我们需要一个岸，而且，还希望这个岸就在我们一回头就可以踏上去的地方（所谓"回头是岸"嘛）！我们是陆地生物，这一点，好像已经注定了。

但上了岸，踏上了大地，人类必然又会有新的不满足。大地很深厚沉稳，而且像海洋一样丰富。它供应的物质源源不绝。你可以欣赏它的春华秋实，它的横岭侧峰，但人类不可能忘情于水，从胎儿时代就四面包围着我们的水。水，一旦离开我们而去，日子就会变得很陌生很干瘪。

而古代中国是一个内陆国家，想要看到海，对大多数的人而言，并不容易。中国人主动去亲近的水是河水、江水、湖水。尤其是湖，它差不多是小规模的海洋。中国人动不动就把湖叫成“海”，像洱海、青海。犹太人也如此，他们的加利利海分明只是湖。

有了湖，极好——但人类还是不满足。人类是矛盾的，他本来只需要大水中有一块可以落脚的陆地，等有了陆地他又希望陆地中有一块小水名叫“湖”。有了这块小湖，他更希望有一块小陆地，悄悄插入湖中，可以容他走进那片小水域里。那是什么？那是堤。

如果要给“堤”设一个谜语供小孩猜，那便该是：

水中有土，土中有水，水中又有土。

苏堤、白堤便是经两位大诗人督修而成的“诗意工程”。诗人，本是负责刺探人类心灵活动的情报员。他知道人类内心的隐情秘意。他知道人类既需要大地的丰饶稳定，也需要海洋的激情浪漫。于是白居易挖了湖又筑了堤（农人因而得灌溉之利，常人却收取柳雨荷风），后来苏东坡又补一堤。有名的白堤、苏堤就是指这两条带状的大堤。

更有意思的是，有了长堤以后，有人更希望这小土地上仍能有点水意。于是，苏堤中间设了六道桥，这六道桥的名字分别是映波、锁澜、望山、压堤、东浦、跨虹。桥有点拱背，中间一个圆洞，船只因而可以穿堤而过。如果再为“六桥”设一道谜题，那也容易，不妨写成下面这种笨笨的句子：

水中有土，土中有水，水中又有土，土中又有水。

这天早晨，我呆呆地望着这全长2.8公里的苏堤。由于拥有六座桥，刚好把苏堤分成七个段落，算来恰如一句七言。啊！那一定是苏东坡写得最长最大的一句七言了，最有气魄而且美丽。

苏堤因为是无中生有的一块新地（浚湖而得的最高贵华艳的废土），所以不作经济利益的打算，只用来种桃花和杨柳。明代袁宏道形容此地，说“六桥杨柳一络，牵风引浪，萧疏可爱”。苏轼的诗也说“六桥横绝天汉上”。如果你随便抓一个中国人来，叫他形容天堂，大概他讲来讲去也跳不出“六桥烟柳”或“苏堤春晓”的景致。六桥，大概已是中国人梦境的总依归了。

我自己最喜欢的和六桥有关的句子出自元人散曲：

贵何如，贱何如？六桥都是经行处。（作者刘致）

对呀，在春暖花开的时候，难不成因为他是某主席或某部长，就可以用八只眼睛来看波光的潋滟吗？不，在面对桃红柳绿的时刻，我们都只能虔诚地用两腿走过风景，用两眼膜拜，用一颗心来贮存，如此而已。

绝美的六桥，是大家都可以平等经行的，恰如神圣的智慧，无人不可收录在心。眼望着苏东坡生平所写下的最长最美的一句诗，我心里的喜悦平静也无限的华美悠长。

不朽的失眠

——写给没考好的考生

他落榜了！一千二百年前。榜纸那么大那么长，然而，就是没有他的名字。啊！竟单单容不下他的名字“张继”那两个字。

考中的人，姓名一笔一画写在榜单上，天下皆知。奇怪的是，在他的感觉里，考不上，才更是天下皆知，这件事，令他羞惭沮丧。

离开京城吧！议好了价，他踏上小舟。本来预期的情节不是这样的，本来也许有插花游街、马蹄轻疾的风流，有衣锦还乡袍笏加身的荣耀。然而，寒窗十年，虽有他的悬梁刺股，琼林宴上，却并没有他的一角席次。

船行似风。

江枫如火，在岸上举着冷冷的爝焰，这天黄昏，船，来到了苏州。但，这美丽的古城，对张继而言，也无非是另一个触动愁情的地方。

如果说白天有什么该做的事，对一个读书人而言，就是读书吧！夜晚呢？夜晚该睡觉以便养足精神第二天再读。然而，今夜是一个忧伤的夜晚。今夜，在异乡、在江畔、在秋冷雁高的季节，容许一个落魄的士子放肆他的忧伤。江水，可以无限度地收纳古往今来一切不顺遂之人的泪水。

这样的夜晚，残酷地坐着，亲自听自己的心正被什么东西啮食而一分一分消失的声音。并且眼睁睁地看自己的生命如劲风中的残灯，所有的力气都花在抗拒，油快尽了，微火每一刹那都可能熄灭。然而，可恨的是，终其一生，它都不曾华美灿烂过啊！

江水睡了，船睡了，船家睡了，岸上的人也睡了。唯有他，张继，睡不着。夜愈深，愈清醒，清醒如败叶落余的枯树，似梁燕飞去的空巢。

起先，是睡眠排拒的他。（也罢，这半生，不是处处都遭排拒吗？）而后，是他在赌气，好，无眠就无眠，长夜独醒，就干脆彻底来为自己验伤，有何不可？

月亮西斜了，一副意兴阑珊的样子。有鸟啼，粗嘎嘶哑，是乌鸦。那月亮被它一声声叫得更黯淡了。江岸上，想已霜结千草。夜空里，星子亦如清霜，一粒粒零落凄绝。

在须角在眉梢，他感觉，似乎也森然生凉，那阴阴不怀好意的凉气啊，正等待凝成早秋的霜花，来贴缀他惨淡少年的容颜。

江上渔火二三，他们在干什么？在捕鱼吧？或者，虾？他们也会有撒空网的时候吗？世路艰辛啊！即使潇洒如捕鱼的，也不免投身在风波里吧？然而，能辛苦工作。能辛苦工作，也是一种幸福吧！今夜，月自光其光，霜自冷其冷，安心的人在安眠，工作的人去工作。只有我张继，是天不管地不收的一个，是既没有权利去工作，也没福气去睡眠的一个……

钟声响了，这奇怪的深夜里寒山寺的钟声。一般寺庙，都是暮鼓晨钟，寒山寺敲的“夜半钟”，用以惊世。钟声贴着水面传来，在别人，那声音只是睡梦中模糊的衬底音乐。在他，却一记一记都撞击在心坎上，正中要害。钟声那么美丽，但钟声自己到底是痛还是不痛呢？

既然失眠，他推枕而起，摸黑写下“枫桥夜泊”四字。然后，就把其余二十八字照抄下来。我说“照抄”，是因为那二十八个字在他心底已像白墙上的黑字一样分明凸显：

月落乌啼霜满天，
江枫渔火对愁眠。
姑苏城外寒山寺，
夜半钟声到客船。

感谢上苍，如果没有落第的张继，诗的历史上便少了一首好诗，我们的某一种心情，就没有人来为我们一语道破。

一千二百年过去了，那张长长的榜单上（就是张继挤不进去的那纸金榜）曾经出现过的状元是谁？哈！谁管他是谁？真正被记得的名字是“落第者张继”。有人会记得那一届状元披红游街的盛景吗？不！我们只记得秋夜的客船上那个失意的人，以及他那场不朽的失眠。

高处何所有

——赠给毕业同学

很久很久以前，在一个很远很远的地方，一位老酋长正病危。

他找来了村中最优秀的三个年轻人，对他们说："这是我要离开你们的时候了，我要你们为我做最后一件事。你们三个都是身强体壮而又智慧过人的好孩子，现在，请你们尽其可能地去攀登那座我们一向奉为神圣的大山。你们要尽其可能爬到最高的、最凌越的地方，然后折回来告诉我你们的见闻。

三天后，第一个年轻人回来了，他笑生双靥，衣履光鲜：

"酋长，我到达山顶了，我看到繁花夹道，流泉淙淙，鸟鸣嘤嘤，那地方真不坏啊！"

老酋长笑笑说："孩子，那条路我当年也走过，你说的鸟语花香的地方不是山顶，而是山麓。你回去吧！"

一周以后，第二个年轻人也回来了，他神情疲倦，满脸风霜："酋长，我到达了山顶了。我看到高大肃穆的松树林，我看到秃鹰盘旋，那是一个好地方。"

"可惜啊！孩子，那不是山顶，那是山腰。不过也难为你了，你回去吧！”

一个月过去了，大家都开始为第三个年轻人的安危担心，他却一步一蹭，衣不蔽体地回来了。他发枯唇燥，只剩下清炯的眼神：“酋长，我终于到达山顶。但是，我该怎么说呢？那里只有高风悲旋，蓝天四垂。”

“你难道在那里一无所见吗？难道连蝴蝶也没有一只吗？”

“是的，酋长，高处一无所有，你所能看到的，只有你自己，只有‘个人’被放在天地间的渺小感，只有想起千古英雄悲激的心情。”

“孩子，你到的是真的山顶。按照我们的传统，天意要立你做新酋长，祝福你。”

真英雄何所遇？他遇到的是全身的伤痕，是孤单的长途，以及愈来愈真切的渺小感。

秋天·秋天

满山的牵牛藤起伏，紫色的小浪花一直冲击到我的窗前才猛然收势。

阳光是耀眼的白，像锡，像许多发光的金属。是哪个聪明的古人想起来以木像春而以金像秋的？我们喜欢木的青绿，但我们怎能不钦仰金属的灿白。

对了，就是这灿白，闭着眼睛也能感到的。在云里、在芦苇上、在满山的翠竹上、在满谷的长风里，这样乱扑扑地压了下来。

在我们的城市里，夏季上演得太长，秋色就不免出场得晚些。但秋是永远不会被混淆的——这坚硬明朗的金属季。让我们从微凉的松风中去认取，让我们从新刈的草香中去认取。

已经是生命中第二十五个秋天了，却依然这样容易激动。正如一个诗人说的，"依然迷信着美。"

是的，到第五十个秋天来的时候，对于美，我怕是还要这样执迷的。

那时候，在南京，刚刚开始记得一些零碎的事，画面里常常出现一片美丽的郊野，我悄悄地从大人身边走开，独自坐在草地上，梧桐叶子开始簌簌地落着，簌簌地落着，把许多神秘的美感一起落进我的心里来了。我忽然迷乱起来，小小的心灵简直不能承受这种兴奋。我就那样迷乱地捡起一片落叶。叶子是黄褐色的，弯曲的，像一只载着梦的小船，而且在船舷上又长着两粒美丽的梧桐籽。每起一阵风我就在落叶的雨中穿梭，拾起一地的梧桐籽。必有一两颗我所未拾起的梧桐籽在那草地上发了芽吧？二十年了，我似乎又能听到遥远的西风，以及风里簌簌的落叶。我仍能看见那些载着梦的船，航行在草原里，航行在一粒种子的希望里。

又记得小阳台上的黄昏，视线的尽处是一列古老的城墙。在暮色和秋色的双重苍凉里，往往不知什么人加上一阵笛音的苍凉。我喜欢这种凄清的美，莫名所以地喜欢。小舅舅曾带着我一直走到城墙的旁边，那些斑驳的石头、蔓生的乱草，使我有一种说不出的感动。长大了读辛稼轩的词，对于那种沉郁悲凉的意境总觉得那样熟悉，其实我何尝熟悉什么词呢？我所熟悉的只是古老南京城的秋色罢了。

后来，到了柳州，一城都是山，都是树。走在街上，两旁总夹着橘柚的芬芳。学校前面就是一座山，我总觉得那就是地理课本上的十万大山。秋天的时候，山容澄清而微黄，蓝天显得更高了。

“媛媛，”我怀着十分的敬畏问我的同伴，“你说教我们美术的龚老师能不能画下这个山？”

“能，他能。”

“能吗？我是说这座山的全部。”

“当然能，当然，”她热切地喊着，“可惜他最近打篮球把手摔坏了，要不然，全柳州、全世界他都能画呢。”

沉默了好一会儿。

“是真的吗？”

“真的，当然是真的。”

我望着她，然后又望着那座山，那神圣的、美丽的、深沉的秋山。

“不，不可能。”我忽然肯定地说，“他不会画，一定不会。”

那天的辩论会后来怎样结束，我已不记得了。而那个叫媛媛的女孩和我已经阔别了十几年。如果我能重见到，我仍会那样坚持的。

没有人会画那样的山，没有人能。

媛媛，你呢？你现在承认了吗？前年我碰到一个叫媛媛的女孩子，就急急地问她，她却笑着说已经记不得住过柳州没有了。那么，她不会是你了。没有人能忘记柳州的，没有人能忘记那苍郁的、沉雄的、微带金色的、不可描摹的山。

而日子被西风吹尽了，那一串金属性、有着欢乐叮当声的日子。终于，人长大了，会念《秋声赋》了，也会骑在自行车上，想象着陆放翁“饱将两耳听秋风”的情怀了。

秋季旅行，相片册里照例有发光的记忆。还记得那次倦游回来，坐在游览车上。

“你最喜欢哪一季呢？”我问芷。

“秋天。”她简单地回答，眼睛里凝聚了所有美丽的秋光。

我忽然欢欣起来。

“我也是，啊，我们都是。”

她说了许多秋天的故事给我听，那些山野和乡村里的故事。她又向我形容那个常在它旁边睡觉的小池塘，以及林间说不完的果实。

车子一路走着，同学沿站下车，车厢里越来越空虚了。

“芷，”我忽然垂下头来，“当我们年老的时候，我们生命的同伴一个个下车了，座位慢慢地稀松了，你会怎样呢？”

“我会很难过。”她黯然地说。

我们在做什么呢？芷，我们只不过说了些小女孩的傻话罢了，那种深沉的、无可如何的摇落之悲，又岂是我们所能了解的。

但，不管怎样，我们一起躲在小树丛中念书，一起说梦话的那段日子是美的。

而现在，你在中部的深山里工作，像传教士一样地工作着，从心里爱那些朴实的山地灵魂。今年初秋我们又见了一次面，兴致仍然那样好，坐在小渡船里，早晨的淡水河还没有揭开薄薄的蓝雾，橹声琅然，你又继续你的山林故事了。

“有时候，我向高山上走去，一个人，慢慢地翻越过许多山岭。”你说，“忽然，我停住了，发现四壁都是山！都是雄伟的、插天的青色！我吃惊地站着，啊，怎么会那样美！”

我望着你，芷，我的心里充满了幸福。分别这么多年了，我们都无恙，我们的梦也都无恙——那些高高的山！不属于地平线上的梦。

而现在，秋在我们这里的山中已经很浓很白了。偶然落一阵秋雨，薄寒袭人，雨后常常又现出冷冷的月光，不由人不生出一种悲秋的情怀。你那儿呢？窗外也该换上淡淡的秋景了吧？秋天是怎样地适合故人之情，又怎样地适合银银亮亮的梦啊！

随着风，紫色的浪花翻腾，把一山的秋凉都翻到我的心上来了。我爱这样的季候，只是我感到我爱得这样孤独。

我并非不醉心春天的温柔，我并非不向往夏天的炽热，只是生命应该严肃、应该成熟、应该神圣，就像秋天所给我们的一样——然而，谁懂呢？谁知道呢？谁去欣赏深度呢？

远山在退，遥远地盘结着平静的黛蓝。而近处的木本珠兰仍香着，（香气真是一种权力，可以统辖很大片的土地。）溪小从小夹缝里奔窜出来，在原野里写着没有人了解的行书，它是一首小令，曲折而明快，用以描绘纯净的秋光的。

而我的扉页空着，我没有小令，只是我爱秋天，以我全部的虔诚与敬畏。

愿我的生命也是这样的，没有太多绚丽的春花、没有太多飘浮的夏云、没有喧哗、没有旋转的五彩，只有一片安静纯朴的白色，只有成熟生命的深沉与严肃，只有梦，像一树红枫那样热切殷实的梦。

秋天，这坚硬而明亮的金属季，是我深深爱着的。

错误

——中国故事常见的开端

在中国，错误不见得是一件坏事，诗人愁予有首诗，题目就叫《错误》，末段那句“我达达的马蹄是美丽的错误”四十年来像一支名笛，不知被多少嘴唇呜然吹响。

《三国志》里记载周瑜雅擅音律，即使酒后也仍然轻易可以辨出乐工的错误。当时民间有首歌谣唱道：“曲有误，周郎顾。”后世诗人多事，故意翻写了两句：“欲使周郎顾，时时误拂弦。”真是无限机趣，描述弹琴的女孩贪看周郎的眉目，故意多弹错几个音，害他频频回首，风流俊赏的周郎哪里料到自己竟中了弹琴素手甜蜜的机关。

在中国，故事里的错误也仿佛是那弹琴女子在略施巧计，是善意而美丽的——想想如果不错它几个音，又焉能赚得你的回眸呢？错误，对中国故事而言有时几乎成为必须了。如果你看到《花田错》《风筝误》《误入桃源》这样的戏目不要觉得古怪，如果不错它一错，哪来的故事呢！

有位德国戏剧家布莱希特写过一出《高加索灰阑记》，不但取了中国故事做蓝本，学了中国平剧表演方式，到最后，连那判案的法官也十分中国化了。他故意把两起案子误判，反而救了两桩婚姻，真是彻底中式的误打误撞，而自成佳境。

身为一个中国读者或观众，虽然不免训练有素，但在说书人的梨花简嗒然一声敲响或书页已尽正准备掩卷叹息的时候，不免悠悠想起，咦？怎么又来了，怎么一切的情节，都分明从一点点小错误开始？我们先来讲《红楼梦》吧，女娲炼石补天，偏偏炼了三万六千五百零一块。本来三万六千五百是个完整的数目，非常精准正确，可以刚刚补好残天。女娲既是神明，她心里其实是雪亮的，但她存心要让一向正确的自己错它一次，要把一向精明的手段错它一点。“正确”，只应是对工作的要求，“错误”，才是她乐于留给自己的一道难题，她要看看那块多余的石头，究竟会怎么样往返人世，出入虚实，并且历经情劫。

就是这一点点的谬错，于是大荒山无稽崖青埂峰下，便有了一块顽石，而由于有了这块顽石，又牵出了日后的通灵宝玉。

整一部《红楼梦》原来恰恰只是数学上三万六千五百分之一的差误而滑移出来的轨迹，并且逐步演化出一串荒唐幽渺的情节。世上的错误往往不美丽，而美丽每每不错误，唯独运气好碰上“美丽的错误”才可以生发出歌哭交感的故事。

《水浒传》楔子里的铸错则和希腊神话“潘多拉的盒子”有些类似，都是禁不住好奇，去窥探人类不该追究的奥秘。

但相较之下，洪太尉“揭封”又比潘多拉“开盒子”复杂得多。他走完了三清堂的右廊尽头，发现了一座神秘的建筑：门缝上交叉贴着十几道封纸，上面高悬着“伏魔之殿”四个字，据说从唐朝以来八九代天师每一代都亲自再贴一层封皮，锁孔子还灌了铜汁。洪太尉禁不住引诱，竟打烂了锁，撕下封条，踢倒大门，撞进去掘石碣，搬走石龟，最后又扛起一丈见方的大青石板，这才看到下面原来是万丈深渊。刹那间，黑烟上腾，散成金光，激射而出。仅此一念之差，他放走了三十二座天罡星和七十二座地煞星，合共一百〇八个魔王……

《水浒传》里一百〇八个好汉便是这样来的。

那一番莽撞，不意冥冥中竟也暗合天道，早在天师的掐指计算中——中国故事至终总会在混乱无序里找到秩序。这一百〇八个好汉毕竟曾使荒凉的年代有一腔热血，给邪曲的世道一副直心肠。中国的历史当然不该少了尧舜孔孟，但如果不是洪太尉伏魔殿那一搅和，我们就是失掉夜奔的林冲或醉打出山门的鲁智深，想来那也是怪可惜的呢！

洪太尉的胡闹恰似顽童推倒供桌，把袅袅烟雾中的时鲜瓜果散落一地，遂令天界的清供化成人间童子的零食。两相比照，我倒宁可看到洪太尉触犯天机，因为没有错误就没有故事——而没有故事的人生可怎么忍受呢？

一部《镜花缘》又是怎么样的来由？说来也是因为百花仙子犯了一点小小的行政上的错误，因此便有了众位花仙贬入凡尘的情节。犯了错，并且以长长的一生去截补，这其实也正是部分的人间故事吧！

也许由于是农业社会，我们的故事里充满了对四时以及对风霜雨露的时序的尊重。《西游记》里的那条老龙王为了跟人打赌，故意把下雨的时间延后两小时，把雨量减少三寸零八点，其结果竟是惨遭斩头。不过，龙王是男性，追究起责任来动用的是刑法，未免无情。说起来女性仙子的命运好多了，中国仙界的女权向来相当高涨，除了王母娘娘是仙界的铁娘子以外，众女仙也各司要职。像“百花仙子”，担任的便是最美丽的任务。后来因为访友下棋未归，下达命令的系统弄乱了，众花的雪夜奉人间女皇帝之命提前齐开。这一番“美丽的错误”

引致一种中国仙界颇为流行的惩罚方式——贬入凡尘。这种做了人的仙即所谓“谪仙”（李白就曾被人怀疑是这种身份）。好在她们的刑罚与龙王大不相同，否则如果也杀砍百花之头，一片红紫狼藉，岂不伤心！

百花既入凡尘，一个个身世当然不同，她们佻达美丽，不苟流俗，各自跨步走属于她们自己那一番人世历程。

这一段美丽的错误和美丽的罚法都好得令人艳羡称奇！

从比较文学的观点看来，有人以为中国故事里往往缺少叛逆英雄。像宙斯，那样弑父自立的神明；像雅典娜，必须拿斧头开父亲脑袋自己才跳得出来的女神，在中国是不作兴有的。就算捣蛋精的哪吒太子，一旦与父亲冲突，也万不敢“叛逆”，他只能“剔骨剜肉”以还父母罢了。中国的故事总是从一件小小的错误开端，诸如多炼了一块石头，失手打了一件琉璃盏，太早揭开坛子上有法力的封口。（关公因此早产，并且终生有一张胎儿似的红脸。）不是叛逆，是可以了解的小过小犯，是失手，是大意，是一时兴起或一时失察。“叛逆”太强烈，那不是中国方式。中国故事只有“错”，而“错”这个既是“错误”之错也是“交错”之错，交错不是什么严重的事，只是两人或两事交互的作用——在人与人的盘根错节间就算是错也不怎么样。像百花之仙，待历经尘劫回来，依旧是仙，仍旧冰清玉洁馥馥郁郁，仍然像掌理军机令一样准确地依时开花。就算在受刑期间，那也是一场美丽的受罚，她们是人间的女儿，兰心蕙质，生当大唐盛世，个个“纵其才而横其艳”，直令千古以下，回首乍望的我忍不住意飞神驰。

年轻，有许多好处，其中最足以傲视人者莫过于“有本钱去错”，年轻人犯错，你总得担待他三分——有一次，我给学生订了作业，要他们每人念几十首诗，录在录音带上交来。有的学生念得极好，有时又念又唱，极为精彩。有的却有口无心，苏东坡的“一年好景君须记，正是橙黄橘绿时”，不知怎么回事，有好几个学生念成“一年好景须君记”，我听了，一面摇头莞尔，一面觉得也罢，苏东坡大约也不会太生气。本来的句子是“请你要记得这些好景致”，现在变成了“好景致得要你这种人来记”，这种错法反而更见朋友之间相知相重之情了。好景年年有，但是，得要有好人物记才行呀！你，就是那可以去记住天地岁华美好面的我的朋友啊！

有时候念错的诗也自有天机欲泄，也自有密码可按，只要你有一颗肯接纳的心。

在中国，那些小小的差误，那些无心的过失，都有如偏离大道以后的岔路。岔路亦自有其可观的风景，“曲径”似乎反而理直气壮地可以“通幽”。错有错着，生命和人世在其严厉的大制约和惨烈的大叛逆之外又何妨采中国式的小差错小谬误或小小的不精确。让岔路可以是另一条路的起点，容错误是中国故事里急转直下的美丽情节。

问名

万物之有名，恐怕是由于人类可爱的霸道。

《创世记》里说，亚当自悠悠的泥骨土髓中乍醒过来，他的第一件“工作”竟是为万物取名。想起来都要战栗，分明上帝造了万物，而一个一个取名字的竟是亚当，那简直是参天地之化育，抬头一指，从此有个东西叫青天；低头一看，从此有个东西叫大地；一回首，夺神照眼的那东西叫树；一倾耳，树上嘤嘤千啭的那东西叫鸟……

而日升月沉，许多年后，在中国，开始出现一个叫仲尼的人，他固执地要求“正名”，他几乎有点迂，但他似乎预知，“自由”跟“放纵”，“爱情”和“色欲”，“人权”和“暴力”是如何相似又相反的东西，他坚持一切的祸乱源自“名实不副”。

我不是亚当，没有资格为万物进行其惊心动魄的命名大典。也不是仲尼，对于世人的“鱼目混珠”唯有深叹。

不是命名者，不是正名者，只是一个问名者。命名者是伟大的开创家，正名者是忧世的挽澜人，而问名者只是一个与万物深深契情的人。

也许有几分痴，特别是在旅行的时候，我老是烦人地问：“那是什么？”别人答不上来，我就去问第二个，偏偏这世界就有那么多懵懂的人，你问他天天来他家草坪啄食的红胸绿背的鸟叫什么，他居然不知道。你问他那条河叫什么河，他也好意思抵赖说那条河没名字。你问他那些把他家门口开得一片闹霞似的花树究竟是桃是李，他不负责任地说不清楚。

不过，我也不气，万物的名氏又岂是人人可得而知的。别人答不上来，我的心里固然焦灼，但却更觉得这番“问名”是如此慎重虔诚，慎重得像古代婚姻中的“问名”大礼。

读《红楼梦》，喜欢宝玉的痴，他闯见小厮茗烟和一个清秀的女孩子在一起，没有责备他的大胆，却恨他连女孩子姓什么叫什么都不知道。不知名就是不经心，奇怪的是有人竟能如此不经心地过一生一世。宝玉自己是连听到刘姥姥说“雪地里女孩儿精灵”的故事，也想弄清楚她的名姓而去祭告一番的。

有一次，三月，去爬中部的一座山，山上有一种蔓藤似的植物，长着一种白紫交融、纫丝披纷的花。我蹲在山径上，凝神地看，山上没有人，无从问起。忽然，我发现有些花已经结了小果实了，青缘椭圆，我摘了一个下山去问人，对方瞄了一眼，不在意地说：“那是百香果啊，满山都是的！现在还少了一点，从前，我们出去一捡就一大箩。”

我几乎跺足而叹，原来是百香果的花，那么芳香浓郁的百香果的花。如果再迟两个月来，满山岂不都是些紫褐色的果子，但我也不遗憾，我到底看过它的花了，只可惜初照面的时候，不能知名，否则应该另有一番惊喜。

野牡丹的名字是今年春天才打听出来的，一旦知道，整个春天竟然都过得不一样了。每次穿山径到图书馆影印资料，它总在路的右侧紫艳艳地开着，我朝它诡秘一笑，心里的话一时差不多已溢到嘴边："嗨，野牡丹，我知道你的名字了，蛮好听的呀——野牡丹。"它望着我，也笑了起来，像一个小女孩，又想学矜持，又装不来。于是忍不住傻笑，"咦？谁告诉你的？你怎么晓得我的名字的？"

"安娜女王的花边"（Quecn Anna's Lace）是一种美国野花的名字，它是在我心灰意冷问遍朋友没有一个人能指认得出来的时候，忽然获知的。告诉我的人是一个女画家，那天，她把车子停在宁静安详的小城僻路上，指着那一片由千百朵小如粟米的白花组成的大花告诉我，我一时屏息睁目，简直不敢相信那是真的。当下只见路边野花蔓延，世界是这样无休无止的一场美丽，我忽然觉得幸福得不知说什么才好。恍如古代，河出图，洛出书——那本不稀奇，但是，圣人认识它，那就不一样了。而我，一个平凡的女子，在夏日的熏风里，在漫漫的缘向天涯的大地上，只见那白花欣然怡悦地浮上来，像河图洛书一样地浮上来，我认识它吗？一朵花里有多少玄机，太平盛世会由于这样一个祥兆而出现吗？

我如呆如痴地坐着，一朵花里有多少玄机？

三月里，我到东门菜场外面的花店里去订一种花，那女孩听不懂，我只好找一张纸，一面画，一面解释："你看，就是这样，一根枝子，岔出许多小枝子，小枝子上有许许多多小花，又小、又白、又轻，开得散散的，蒙蒙的……"

"哦，"不等我说完，她就叫了起来，"你是说'满天星'啊！"

（后来有位朋友告诉我，那花英文里叫 Baby's Breath——婴儿的呼吸，真温柔，让人忍不住心疼起来。）

第二天，我就把那订购的开得密密的星辰一把抱回家，觉得自己简直是宇宙，一胸襟都是星。

我把花插在一个陶罐子里，万分感动地看那四面迸射的花。我坐在花旁看书，心中疑惑地想着，星星都是善于伪装的，它们明明那么大，比太阳还大，却怕吓倒了我们，所以装得那么小，来跟我们玩。它们明明是十万年前闪的光，却怕把我们弄糊涂了，所以假装是现在才眨的眼……而我买的这把“满天星”会不会是天星下凡来玩一遭的？我怔怔地看那花，愈看愈可疑，它们一定是繁星变的，怕我胆小，所以化成一把怯怯的花，来跟我共此暮春，共此黄昏。究竟是“星常化作地下花”呢？还是“花欲升作天上星”呢？我抛下书，被这样简单的问题搞糊涂了。

菜单上也有好名字。

有一种贝壳，叫“海瓜子”，听着真动人，仿佛是从海水的大瓜瓤里剖出的西瓜子，想起来，仿佛觉得那菜真充满了一种嗑的乐趣——嗑下去，壳张开，瓜子仁一般的贝肉就滑落下来……还有一种又大又圆的贝类，一面是白壳，一面是紫褐色的壳，有个气吞山河的名字，叫“日月蚶”，吃的时候，简直令人自觉神圣起来。不知道日月蚶自己知不知道它叫“日月蚶”——白的那面像月，紫的那面像日，它就是天地日月精华之所钟。

吃外国东西，我更喜欢问名了，问了，当然也不懂，可是，把名字写在记事本上，也是一段小小的人生吧，英雄豪杰才有其王图霸业的历史记录，小人物的记事册上却常是记下些莫名其妙的资料。例如有一种紫红色的生鱼片叫“玛苦瑞”，一种薄脆对折中间包些菜肴的墨西哥小饼“他可”，意大利馅饼“披萨”吃起来老让人想起在比萨斜塔（虽然意大利文那两字毫不相干）。一种吃起来像烤馒头的英式面包“玛芬”，Petit Munster 是有点臭咸鱼味道的法国乳酪，Arti Choke 长得像一只绿色的花，煮熟了一瓣瓣掰下来沾牛油吃，而“黑森林”

竟是一种蛋糕的名字。

记住些乱七八糟的食物名字当然是很没出息的事情，我却觉得其中有某种尊敬。只因在茫茫的人世里，我曾在某种机缘下受人一粥一饭，应当心存谢忱。虽然，钱也许是我付的，但我仍觉得每一个人的一只盘碗，都有如僧人的钵，我们是受人布施的托钵人，世界人群给我们的太多，我至少应该记下我曾经领受的食物名称。

有时我想，如果我死，我也一定要问清楚病名。也许那是最后一度问名了。

人生一世，问的都是美好的名字，一样好吃的菜肴，一块红得半透明的石头，一座山，一种衣料，一朵花，一条鱼……

但是，有一天，我会带着敬意问我敌人的名字，像古战场上两军对垒时，大英雄总是从容地问："来将通名！"

也许是癌，也许是心脏病，也许是脑溢血……但是，我希望自己有机会问名，我不能不清不白地败在不知名的对方手下。既然要交锋，就得公平，我要知道对手叫什么名字，背景如何，我要好好跟他斗一斗。就算力竭气绝，我也要清清楚楚叫出他的名字："××，算你赢了。"

然后，我会听见他也在叫我的名字，"晓风，你也没输，我跟你缠斗得够辛苦的了！"

于是，我们对视着，彼此行礼、握手、告退。

最后的那场仗，我算不算输，我不知道，只知道，我要知道对方的名字，也要跟他好好拼上许多回合。

自始至终，我是一个喜欢问名的人。

春之怀古

春天必然曾经是这样的：从绿意内敛的山头，一把雪再也撑不住了，扑哧一声，将冷脸笑成花面，一首澌澌然的歌便从云端唱到山麓，从山麓唱到低低的荒村，唱入篱落，唱入一只小鸭的黄蹼，唱入软溶溶的春泥——软如一床新翻的棉被般的春泥。

那样娇，那样敏感，却又那样混沌无涯。一声雷，可以无端地惹哭满天的云；一阵杜鹃啼，可以斗急了一城杜鹃花；一阵风起，每一棵柳都吟出一则则白茫茫、虚飘飘说也说不清、听也听不清的飞絮，每一丝飞絮都是一株柳的分号。反正，春天就是这样不讲理、不按逻辑，而仍可以好得让人心平气和。

春天必然曾经是这样的：满塘叶黯花残的枯梗抵死苦守一截老根，北地里千宅万户的屋梁受尽风欺雪压犹自温柔地抱着一团小小的空虚的燕巢，然后，忽然有一天，桃花把所有的山村水廓都攻陷了。柳树把皇室的御沟和民间的江头都控制住了——春天有如旌旗鲜明的王师，因为长期虔诚的企盼祝祷而美丽起来。

而关于春天的名字，必然曾经有这样的一段故事：在《诗经》之前，在《尚书》之前，在仓颉造字之前，一只小羊在啮草时猛然感到的多汁，一个孩子在放风筝时猛然感觉到的飞腾，一双患风痛的腿在猛然间感到的舒活，千千万万双素手在溪畔在塘畔在江畔浣纱所猛然感到的水的血脉……当他们惊讶地奔走互告的时候，他们决定将嘴噘成吹口哨的形状，用一种愉快的耳语的声量来为这季节命名——“春”。

鸟又可以开始丈量天空了。有的负责丈量天的蓝度，有的负责丈量天的透明度，有的负责用那双翼丈量天的高度和深度。而所有的鸟全不是好的数学家，它们叽叽喳喳地算了又算，核了又核，终于还是不敢宣布统计的数字。

至于所有的花，已交给蝴蝶去点数。所有的蕊，交给蜜蜂去编册。所有的树，交给风去纵宠。而风，交给檐前的老风铃去一一记忆、一一垂询。

春天必然曾经是这样，或者，在什么地方，它仍然是这样的吧？穿越烟箩与烟箩的黑森林，我想走访那踯躅在湮远年代中的春天。